刘汀

作家,诗人,出版有长篇小说《生活启蒙》《布克村信札》《水落石出》,散文集《浮生》《老家》《暖暖》,小说集《叙事概要》《中国奇谭》《人生最焦虑的就是吃些什么》,诗集《我为这人间操碎了心》等,曾获多种文学奖项。

浮生·聚散

刘汀 著

上海文艺出版社

目 录

人到中年，潮到岸边 /001

天下有羊 /037

卑微若贱 /057

故乡生死事 /085

东北偏北 /149

伤痛叙事 /201

人到中年，潮到岸边

人到中年，潮到岸边

浪头一波压过一波

沙子哪有机会回到故乡

父亲进城

距离父亲上一次来北京,已经快十年了。

他这一次出行,带着浓重的被迫色彩。和因为要帮我或弟弟带小孩经常奔波的母亲不同,父亲对外出怀有很重的抵触,他的理由常常是:我不愿意坐长途汽车,我不喜欢抽水马桶,我讨厌大街上到处都是人。这一切,都是他自己拒绝自己的理由。我和弟弟无数次告诉他,不要再耕种那几亩入不敷出的薄田,不要再养那几只廉价的羊,放寒假和暑假时到城里来住一段,休息一下。他总是犹豫不决,仿佛那几间土坯房一旦离开,就会被荒草占据,而他半生的岁月也会因此无所着落。在这一点上,母亲跟父亲没有本质的不同,他们的生活认同,仍然在内蒙古北部那个偏僻的山村之中。母亲的说法更彻底:无论如何,那儿是我和你爸的家,我们经营了一辈子的地方。我理解这种情感,但并不认同。

最终说服他的,不是任何人,而是越来越难以忍受的病痛。女儿还小的时候,有两年母亲在北京,只留父亲一个人在家,经营近百只羊,收割庄稼。冬日的寒冷清晨,他需要早早起来,烧热锅炉,顺便热一点剩饭,然后去给羊圈里的羊添加草料。一切收拾停当,白而弱小的太阳已经跃上天空,他再开车去四里路外的乡村小学去上班。班里只有几个孩子,但他必须时刻像一枚钉子那样盯在那儿。放学后,回到家里还是一个人生火做饭,喂羊,把散落在院子里的鸡都赶回它们的窝。更何况,那时候他还经常醉酒,半夜摇摇晃晃地从亲戚家独自回去,独自睡着或失眠。这段时日对他的健康造成了影响,大概从前年开始,他的身体经常病痛,除了已经确定的糖尿病和脂肪肝,还有严重到右臂很难抬起来的肩周炎。而每一次疼痛降临,他都固执地不愿意去镇子上的医院,而是自己到村口的赤脚医生或小药店里买药来吃,一种吃了几天,没效果,又换一种。我猜想,很多药物不但没有帮他治病,反而伤害了他。终于,我们全家商量,无论如何也要让他在这个暑期到北京来,做一个全面的身体检查了。

他终于点头。即便如此，他对于再一次出门远行，还是抱有些微的恐惧。

六月底的一个凌晨两点钟，我从六里桥长途汽车站把父亲和母亲接回家里。那时的北京已经很热了，他们走进屋子时，汗津津的。我从冰箱里拿出两瓶冰镇的矿泉水，母亲接过了一瓶，说，你爸不能喝这个。她从随身的包里，掏出了另一个矿泉水瓶子，里面装的是凉开水。母亲说，父亲如果喝了凉水或生水，肠胃可能会不舒服。我听了心头一酸，我早知道父亲的身体有不舒服，却没想到连喝水也如此小心了。我永远都记得，多年前，从山上打秋草或收庄稼回来，父亲第一件事就是从洋井里抽出清澈凛冽的水，咕咚咕咚喝上半瓢的。

从这天起，无论什么时候外出，母亲的包里总是早早给他备好一瓶凉开水，以及每天要吃的药。

喝了几口水，两个人悄悄去大卧室，借着客厅的灯光看了看正睡得张牙舞爪的孙女暖暖。那一刻，他们疲惫的脸上，显出了幸福的笑。哦对了，这时我才想起，说服父亲远行的理由还有孙女。暖暖已经四岁半，跟爷爷在一起相处的时间，加起来也才半个月，但是暖暖对爷爷抱有特别的喜爱和热情，甚至超过了从小带她的奶奶。跟家里视频，暖暖会说邀请爷爷来北京，而不让奶奶来。这玩笑话里，包含着小朋友狡黠的小心思，但我觉得更有那种血缘上的神秘主义气息。亲人和亲人之间，总是有一些我们无法证实却能真切感知的东西，它们有时比可见的联系更牢固恒久。

我先带父亲去了按摩医院，大夫检查了他的肩膀后，开了理疗和按摩。这里几乎成了我家的必来之地。十年前，我刚刚硕士毕业，当了半年编辑腰椎就出了问题，一个前同事介绍到了这里，做了一段按摩理疗，效果很好。从此每隔半年多就要来一次，缓解腰部的问题。后来是妻子，她的颈椎问题更严重，常常会头晕，也要不时过来调理。现在是父亲了。如果说，我们现在获得了一点点生活的能力和基础，那是因为除却超出旁人的努力，我们还早早透支了身体。对比同年入大学留京或经历相似的朋友、同事，很容易就能发现这种区别。我们六十岁的父亲和母亲，与城里六十岁的老人相比，身体状况的差距大概有十年。我们和那些从小家庭情况优越

（甚至无需优越，只是一般水平）的同龄人相比，一样要差五到十年。王侯将相宁有种乎？王侯将相或许没有，但一个人的出身对他整个人生轨迹的影响的确很大。

从第二天开始，父亲和母亲背上一瓶凉开水，背上充电宝，早早地坐公交车到按摩医院，按摩、理疗，然后两个人商量着坐地铁或公交去北京的某处景点。那些天，北京的温度还没那么高，行走在路上尚能忍受。他们有时候坐错了车，有时候换错了地铁，但是要去的前门、颐和园、圆明园、天坛、北海公园，等等，最终都抵达了。下午的时候，我会发微信问他们是否到家，是否吃了午饭。大都是母亲回给我，说他们已经到家，正准备午休，午饭吃了盖饭。那些天，我带着父母去家附近的烧烤、麻辣烫、涮羊肉、烤鱼，把我觉得好吃的东西全部让他们尝一遍。我也总让他们从外面回来不要做饭，想吃什么就在附近的餐馆吃，然而父亲更喜欢的竟然是一家快餐店的盖饭，十几块钱一份。"他们盖饭的菜有味道。"父亲说。因为多年来的生活习惯，他们更喜欢吃浓油重酱盐多的，虽然明知这种饮食不太健康。

我们的故乡在胃里——这个论调的话已经被太多人

言说和实践过了。这一次,我似乎带着一些潜意识,试图从胃部开始改变父亲身上某些顽固的观念,比如他对于村庄的眷恋和对外面世界的抵触。在我看来,这是一种小心而谨慎的保守,他喜欢躲在一个熟悉的空间里,和那些认识了大半生的人闲聊,而不愿意置身陌生而喧闹的环境中,所以我带他们去吃那些在老家吃不到或不怎么吃的东西,某种程度上,我成功了,比如他会对某一次在湘菜馆里吃到的剁椒鱼头念念不忘,比如几乎每一次在小店吃早餐,他都要吃油条豆腐脑儿。其实,他是从陌生的菜里面寻找那种对味蕾及记忆的刺激,好让自己产生一种替换了内容的熟悉感。作为一个读了几十年书,也写了很多书的人,我无数次叙述故乡或乡愁,甚至还用各种理论去分析它,但我从未站在父亲的角度去理解那个村庄。对他来说,对我来说,那个村庄以及它的道路、牛羊、人群的意义是截然不同的。

  我未曾想过彻底改变他的认知,毕竟父亲几十天后还要回到那里,继续他未完成的乡村生活,但此刻,他既然来到了城市,我就一定要努力让他看到,世界远比他想象得丰富和有趣。他很快适应了这里,跟母亲两个人成了城市的背包客,逛了他们能走的所有地方。尽管——他依然一走进小区就会转向,分不清东南西北,但他对城市已没有了最初的那种恐惧。他也能适应抽水马桶了。每天晚上,他都享受着跟孙女一起玩的时间。暖暖在和他们玩幼儿园的游戏:点兵点将,谁是我的好兵,谁是我的好将。几乎每一次,她的手指都会最终落在爷爷身上。然后,祖孙三人哈哈大笑。母亲嗔怪暖暖,为什么每次都是爷爷?父亲不说话,暖暖扑到爷爷身上说,因为我喜欢爷爷,爷爷也喜欢我。父亲会天真地笑。

很快,他能自己过马路了,他自己下楼去买烟,抽一支,然后再上楼。

几天后,拿到了父母的体检报告,谢天谢地,他们虽然都有着老年人常有的小毛病,却没有大问题,我长长松了一口气。小毛病也不能掉以轻心,我带着他们去北医三院挂号看病,因为有了体检报告,省去了再做许多检查的麻烦。一路看下来,小毛病似乎也只有按时吃药、运动,没有更好的办法。

但是我和父亲之间,似乎还缺点什么。

直到我们即将离开北京的前一天，我才明白，我们缺少一场暴雨。去年，有位朋友介绍了一位中医，妻子去看过几次，调理身体，蛮有成效。有一次跟父亲提起，父亲说，他也想去看看。相较于大医院里穿白大褂的大夫和各种看不懂的仪器，他更愿意相信一些老中医的言辞和判断，就像多年来他对老家的那位大夫的信任。

那几天北京开始下雨。一大早，我带父亲坐地铁去找老中医。我们出门的时候，下了半夜的雨刚刚停，空气湿润凉爽，是入伏后难得的清凉。我们从北苑站出来，路面上积水很多，只能不断绕行。踩着稀疏的砖头和防洪沙袋，我们一路到了中医店所在的小区。时间还早，我们在一家小店吃早餐，不出意外，父亲选择了豆腐脑儿。然后就去看病，大夫给他开了两个星期的汤药，让他戒烟戒酒，控制体重，并没有什么特别的，但我觉得，到这时，父亲看病的心才彻底放松下来。在很多时候，中医扮演着半个心理医生的角色，他们会和颜悦色地跟你解释你的病是怎么回事，并且给你信心。

我们出门时，大雨又下起来了。

走吗？还是等一会儿？我问他。

走吧，他说，等也不定什么时候停。

我们打着伞，走进雨幕里。雨很大，风也很大，雨伞几乎没什么作用。才走出去几步，鞋子和裤腿就湿透了，很快肩膀也被雨水打湿。我走在前面，父亲走在后面。那些淋在我身上的雨水，淌到地上，又从他脚下流过。我无需回头，就能感觉到他在我身后两米处，大雨帮我们隔开了所有其他人和物，那一刻，天地之间只有一对父子。我们走到地铁站，两个人都有种被洗礼的感觉，仿佛有什么东西被雨水冲刷走了，又仿佛有什么东西被洗净擦亮。我很清楚，并没有什么，但从这一刻起，我终于明白了自己和他之间的位置互换完成了。

我仍然记得三四岁的时候，父亲挑着两桶水，从爷爷家的院子回我们刚盖好的土坯房，我跟在他身后。七八岁时，上小学，他骑着自行车，我坐在车后。十几岁时，去田里拉大豆和玉米秸秆，他赶着马车，我也在他后面。几十年来，我们之间都处在这样一种视觉关系中，哦，那个你们早已经熟悉的词语——背影，或者另一个作家所说的"目送"，但我现在觉得，他们所写的并不完整，只不过是一代人和另一代人关系的一半。我们长大到一定年纪，这个视觉关系就会翻转过来，那背影并不是父辈的，而是我们自身。是他们在看着我们的背影，目送我们走去远方。我回忆起，在北京的所有行走中，我都有意无意地走在前面，父母跟在后面，经过路口或有车过来，我就会回头看看。

不是吗？从初中开始，总是我们离开他们，送到村口，送到乡里，送到镇子上，他们始终在原地，我们才是那个留下背影的人。

这场雨，以及我和父亲半身湿透可是神情清爽的样子，必然会永久地留在我的记忆里。

带着全家去旅行

这场旅行在我心里酝酿至少有三年了，这次父母来京，是实现它最好的时机。

从暖暖两岁开始,春节前或暑假,我都会带妻子和她出去旅行一趟,地方都不太远,大概是高铁五小时圈。我也一直规划着包括弟弟一家的全家人旅行,其实,我个人对于所有的游玩都没有什么兴趣,但我愿意创造这样的机会,全家人在一处陌生之地生活几天。无需精准计算,我们都知道这种团圆的时刻珍贵而有限。

这个暑假,父母下定决心出一次远门,他们留出了两个月的时间。他们有太多的第一次要去尝试:第一次坐飞机,第一次看海,第一次不是因为要办某件事而去一个城市。几经考虑,我定好了线路:北京飞大连,大连待四天;然后高铁到哈尔滨,哈尔滨三天;然后高铁到珲春,珲春三天;我送妻子和暖暖回松原姥姥家,我回北京上班,父母留在珲春,在弟弟家待一个月左右。

这次出行有点像一个拖了很久的仪式:我与父母之间的角色和位置,终于完成了大转换。从现在开始,他们要像个孩子一样,处处听从我的安排了。我没有问过父母对此的感受,但对我来说,确实是在无数次打车、买票、找饭馆、买单等的张罗中,寻回了一种家庭的凝聚感。

这是父母第一次坐飞机，运气不错，没有晚点，而且天气晴朗，他们能透过舷窗看到外面渐渐远离的大地和层层叠叠的云海。现在，绝大部分飞机上已经允许手机开启飞行模式了，他们还能拍拍照片。我和妻子、女儿坐在前排，父亲和母亲坐我们后面一排，不用回头，我就能听见他们的好奇和兴奋。特别是母亲，年届六十的农村老人，像个刚出生的孩子那样，带着无尽的好奇。如果条件允许，她几乎敢于尝试所有新事物。

　　一路上，我也越发看清了自身的轮廓。在机场排队的时候，他们很自然地跟陌生人聊着天，问东问西。有几次，我甚至想提醒他们，对于他们这样不怎么经常出远门的人来说，哪怕是成年人，对陌生人也应该抱有足够的警惕，但我忍住了，我想我就在旁边，应该不会出什么事，而他们眼中的世界仍然像乡村一样，完整和传统，他们并不相信这个人间有那么多恶意，即便已经从各类新闻中看到过许多报道，他们也不相信那些事会被自己碰到。所以，我尽力保护着他们的兴奋，而我自己，却对外界保持着冷漠。现在的我，几乎不再给地铁和路上的乞丐钱，绝不会跟陌生人聊任何个人的事，即便是打车，遇见话多的司机，我提供给他们的信息也都是半真半假。我会以自己为原型，虚构出无数个新的自我：一个编辑，在某出版公司的图书编辑；一个写小说的人，但是写网络小说；一个公务员，一个公司白领，我从来不会让真正的那个自我呈现在陌生人面前。

飞机很快降落了，两位老人有点意犹未尽，他们没想到第一次乘坐飞机的时间如此短暂。我安慰说，以后还会坐的。旅行真正开始了，那些对我来说毫不新鲜的事物，开始以新鲜的面貌出现在他们面前。

黄昏与大海

大连天气晴朗，我们到预订的旅店时，才上午十点左右，还不能办理入住。按照妻子做的攻略，我们先去了离这里不远的圣亚海洋公园。看海底世界，买十五块钱一袋的食物喂海鸥，让女儿跟海狮照相，观看精彩的海象表演。看表演时，一群穿得花花绿绿的服务生端着饮料、烤鱿鱼叫卖，女儿不出意外地想试试，父亲也对鱿鱼很感兴趣。我给他们买了一份，看着父亲撕咬鱿鱼，我心里升起一些隐隐的担心，但实在不愿意去破坏他的美味。

近三点才吃午餐，然后回旅店休息。父母很快睡着了，只有暖暖的兴奋劲一直持续着。终于，她也困了，我和妻子才得机睡一会儿。

起床时，已经晚上六点多，夕阳落山，城市潜伏在阴影中，灯光渐渐亮起。我们住在星海广场旁边，那儿一面有高而方的玻璃大厦，另一面则是黄昏中的大海。大连啤酒节的招牌已经竖起来，在我们离开的第二天，这个著名的啤酒节即将开幕。我们步行去找晚饭，尽管在网上搜索了很久，却很难在附近找到一家比较满意的餐馆。到海边，肯定要尝尝海鲜，但对于常年吃牛羊肉的纯粹北方人来说，海鲜顶多是尝尝，并不习惯大规模食用。我们找到一家餐馆，点了菜，坐在露天的方桌旁，喝着本地的啤酒。晚风是温和而略带凉爽的，夜幕也有着温柔光色。我喝了一口啤酒，看着吃饭的父母妻女，禁不住想：其实，之所以要出来旅行，对我而言，所求的正是这安静温馨的一刻。或许，那些伟大的人对此毫无感觉，他们心中想的永远是风云大事，我心中亦有莫测风云，但我不会为此而失去这平常的夜晚聚餐。

父亲突然说了一句：好像有点喘不过气来。我顿时心惊，那种从中午就泛起的隐隐担心，陡然间强烈起来。有一年父亲去弟弟家，弟弟带他去吃海鲜，他过敏反应严重，胸闷、腿脚发软，不得不连夜去医院里输液。中午他吃鱿鱼的时候，我就有点担心，好在吃得不多，后来也没有什么反应。晚饭时，我点菜时特地海鲜和非海鲜的一半一半，但父亲还是喝了几碗海鲜汤，吃了一点贝类。我看他脸色有些发沉，心里也发沉，虽然他嘴上说，没事，没事，但我还是以最快的速度在手机上查了离这里最近的医院，甚至在滴滴上设置好了目的地。

父亲不再吃东西，站起来跟着在旁边玩的暖暖，我心里没底，又不敢表现得过分担心，只好喝酒压制情绪。我们开始往回走，似乎……父亲并没有显出更多的不适，为了宽慰他们，也为了宽慰自己，我笑着说，我看你这就是心理作用，根本没事儿。父亲也似乎终于找到了一个略微合理的解释，立刻笑了，说，可能是。我们回到宾馆时，他已经恢复状态，看起来确实没事了，我的心才放下。

他们都睡着了。我躺在床上，才感觉到回忆的力量。十七年前，我曾独自一人来到这座城市，在一个税务学校里生活了一个月，又毅然决然地回去复读。这段经历我几次写到，但如今我再次踏上这片土地，十七年前的细节依然清晰，可那种少年心性却再也没有了。我几乎还记得在这里发生的所有的事，可我内心产生的感慨，只不过是一条朋友圈的容量。我不由想，是不是经过这么多年的生活锤炼，我变得麻木了？或者，只有从另一个角度去思考，生活才会显现出它复杂的迷人的本相：如果，我当年没有退学回家，一切会怎么样？是的，除了如果，我们无法让自己的人生找到另一条"林中路"，"如果"不能让任何人或事回到过去，却能在一瞬间让我们"失去现在"。如果……那么我现在所拥有和经历的一切都不复存在，我可能过得更好或更不好，但即便更好，那种可能性真的值得以现在去交换吗？

我终于睡着了，并没有梦见另一种人生，我甚至都没有做梦。

第二天的行程是先去棒棰岛，然后去威尼斯水城，后者让人印象深刻。

据滴滴司机介绍，威尼斯水城这一片土地全部是填海填出来的。此刻，仍然能看到很多吊车在施工。这里布满了仿西方建筑的新楼，但你总能随时看到规划的匆忙和施工的粗糙。一座小桥的石板，到处都是裂缝，而绝大多数的楼里，没有任何人居住。我们走上了沿河的一条小街——所谓的东方威尼斯，怎么可能没有一条河贯穿呢。小街上有售卖小商品的和卖果汁、烤鱿鱼的摊位，人不多，我们走走停停。母亲、妻子和女儿，被卖耳环和头饰的小摊位吸引，开始挑选自己喜欢的物件。我没有催促，任由她们去选、试。我知道，回去之后，这些小商品肯定会被很快丢弃，顶多是放在某个角落，作为这次旅行的某段路程的提醒，但这一刻的快乐也是必要而值得的，就让她们尽情去体验吧。

假的威尼斯也是威尼斯，当沿河的楼宇曲折地延伸出去，放眼看去，整个空间确实显示出了一些欧洲模样，至少是一个和中式建筑不同的空间。我们开始拍照，坐在台阶上拍，靠着栅栏拍，抱着巨大的啤酒桶拍，钻进红色的电话亭拍，管他是假威尼斯还是真水城呢，想象同样能构成世界。旅行的真正意义就是，在一个时间段内你可以不去想任何杂事，而专注于眼前那些所见即所得的具体事物，但这是一个永恒的悖论，当旅行结束，我们回看照片，又总会觉得除了人是真实的，那些景物都像是刻意设定的道具。

这个下午悠闲而从容，走走停停，随意看看。

晚上，我们才去近在咫尺的星海广场。这是一处巨大的海边游乐场，女儿被木马、碰碰车和恐怖馆吸引，每一个都想尝试。我们带她玩了几个，然后去一处石头栈桥，看人们洗海澡。有些皮肤黝黑、身材瘦长的人，从水里爬上岸，用一块布遮住身体，换下泳衣。岸边摆着一些海星和贝壳，等着喜欢的游客购买。海水拍打着礁石，一次又一次，在我们有限的人生里，海不会枯，石头也不会烂，它们必将比我们更长久。

父母去海边，我和妻子租了一辆四人自行车，带着暖暖沿着广场骑行。这一刻黄昏将尽，海风舒服极了，远处的跨海大桥上亮起了彩灯，如同给大海系上了一条五彩斑斓的围巾。我们把车停在海岸边，找一个人来帮忙拍照。看镜头，笑一下，她不出意外地说。我们看着手机，笑，好吧，这一刻我必须承认，我们的笑容里有大海的蔚蓝色。

当然，夜晚还是会笼罩一切。海边湿气大，云雾低，那些亮着灯光的高楼仿佛置身在天宫之上。我们就踩着湿漉漉的灯光往回走，明天，我们得去另外一个地方，看另外一片海水了。

第三天去的是发现王国。出发去看地质公园，但走了一段路之后，感觉到前行困难，因为要不停登山，父母的体力不一定够，女儿也需要不时抱一会儿，何况那时已到中午，我们还没有午餐。后来商量了一下，我们原路回宾馆附近，赶紧午餐，然后回去休息。

下午天气转凉，我们到不远处的海滩玩。那天风渐起，海浪略大，但还算不上波涛怒吼。我们都在沙滩上，父亲在海边走着，有时会抽一支烟，我时刻盯着玩水枪和沙子的女儿，妻子和母亲追逐海浪拍照。大海的远处，看不见任何波浪，只是无尽的水。女儿很快浑身湿透，赶紧给她换了一身衣服。我的裤子也湿透了，没得换，索性让更多的海水浸染我身。

夜晚来临，从海边走回，原来打算到住地附近吃晚饭的，但海边到处都是海鲜大排档，我们经不住诱惑，坐在了其中一家的桌子旁。吃了海鲜，再往回走时，路上人车稀少，灯光昏昏，天色湛湛，月亮从半圆向圆满变化，渐渐趋于丰盈。我走在最后面，看着前面路上走着的四个人，那种特殊一刻的感觉再次袭来。女儿拉着爷爷奶奶，跟他们说，我是 Sunny，我是 sunshine。奶奶说，你跟我说中国话，外国话我听不懂。暖暖就会笑，然后再说几句英文。我所满足的，不过是这些人获得满足。

马迭尔与老虎

我感到自己同时享用着暴躁和宁静。

有时候，我对这个世界有着无尽的耐心，有时候又缺少必要的耐心。比如，女儿总是光着脚跑来跑去，有时我就会不停地追着她,递给她鞋子,另外一些时候,我则会提高声调呵斥她,让她自己穿好。我很清楚,对一个孩子来说,这种行为很正常,但是大人们在面对时却并没有统一的准则,而常常是根据自己当时的情绪来应对。再比如,给父亲在北京开的药,有时候他会不想吃,我就不由自主地用严肃的口吻说,为什么不吃?你总是不遵守大夫的话,药该吃就是要吃。我常常与自己的这种矛盾作斗争,我赢了,我输了,我在深夜复盘每一个白天,总是留下许多懊恼。

我们在大连的几天里,正是假儿童疫苗事件爆发的时间。我一边不断转发各种信息,一边享受着一家人的天伦之乐,可是心里感受到悲哀,我不知女儿打的是哪些疫苗,有没有假的。就算我知道又能怎么样?我的反抗可能都走不出朋友圈,只有一腔怒火毫无意义。毫无疑问,这并不是一个云集响应的时代,这是一个分化和犬儒的时代。有一天刷微博,看到网红李诞在网上解释他那句网络名言——"人间不值得"。人间呀,本身的确不值得,你必须找到足够量的美好的东西,抵消和平衡这些悲剧。

带着这种情绪，我们转战哈尔滨。

到哈尔滨的那天晚上，一位老师请我们吃饭。她说，如果是你一个人来，我不一定要见你，但是看到你带着家人来，我很感动，一定要请你们吃饭。我们吃了有名的东北菜。饭后，下起小雨，那位老师打车回家，我们撑着伞沿中央大街回宾馆。妻子跟暖暖说，脚下的方石，都是一百年前的。暖暖问，是一百年前的吗？我说，是啊。暖暖又问，那再过一千年呢？我不禁愣了，一千年之后，这里也许不复存在。那些被千万人踩踏过的石头，浸润了雨水之后，稍微显得滑腻了些，但并不会让人摔倒。一千年之后，可能没有了中央大街，但石头还是石头吧。

第二天下午，去太阳岛玩了之后，我们又走在这条街上了。我们到那家老马迭尔冰棍店，买五根冰棍，一家人站在大街上吃。每次吃完，暖暖都会开心地问，我问问你们，谁是第一个吃完的呀？能吃冰棍，她太开心了。看到她那么开心，我也太开心了。

吃完冰棍，暖暖说，爸爸，来玩切西瓜的游戏吧。所谓切西瓜的游戏，就是我和妻子还有爷爷奶奶手拉手,她是切西瓜的人,用小手在任何两只拉着的手之间切开。我拉着父亲,妻子拉着我,母亲又拉着妻子……对我来说,这个游戏最特别的地方在于,至少有三十年了,我没有再拉过父亲的手,甚至我们也没有过任何肢体上的接触。握住他的手的那一刻,我感到既熟悉又陌生,我不知道熟悉的是什么,我却清楚陌生的是三十年间的距离。他的手并没有很多老茧,比我的手肉要多一些,握上去是厚实而温暖的。我能感觉到,他同样带着某种小心翼翼,试探着该用多大的力气握着我。父子俩的两只手,就这么握着,然后被暖暖的手切开,再握着,再切开。

切,切,切西瓜。这个游戏,某种程度上就是一对父子和一对父女间的隐喻吧?

这就像,我是那么喜欢握着女儿的手。走在路上,她把小手伸过来,我握住,拉着她向前走。那一时刻,我比世界上的任何石头都坚定,我必须百分之两百地确定她在我手中的安全。有时候,她安静地睡着了,我也会悄悄握握她的小手,或者把我的手指放在她手里,她睡梦中无意识地轻轻握一下。我不知道,也不会去问父亲在我和弟弟小的时候,是否有过类似的行为,但是从这一天起,每当我想起父亲,我必然首先想起握着他的手的感觉。啊,那就是一辈人和另一辈人的交接仪式。他老了,我已长大。她在长大,我在变老。

我们还去了东北虎林园。先是看马戏团表演,并没有什么特别的,但妻子和女儿都没有看过。我小时候,马戏团曾有几次到村里演出,我看过表演,只是母亲已经忘记了这件事。我能复述出那时的很多细节。马戏团的老虎表演很简单,不管是驯兽师还是几只老虎,都有些敷衍。

然后我们坐特制的车去看老虎。这里有一部分自然放养的老虎,天气炎热,它们大都匍匐在树荫或水池里。开车的司机不停地向车上的人兜售鸡羊,希望我们凑钱买了,给老虎去吃。他说,你们难道不想看看老虎把一只鸡撕碎的样子吗?大部分人并不响应,只有一两个想买,但是无人搭腔也就作罢。司机有点不开心,匆匆把我们拉出了散养区。

小城与矿山

下一站是珲春,一个北方小城。

二〇〇五年春节后,弟弟只身从内蒙古到这座小城附近的矿山上上班,然后就留在了这里,娶妻生子,如今已快二十年了。而我,是第一次来。

我们从高铁站出来的时候,珲春的气温高达三十五度,这是在往年不曾有过的。因为下午安排了一场讲座,把他们送到家后,我和弟弟就一起去讲座现场。讲了两个小时,拒绝了主办方的晚餐安排,我们两个去一家餐馆吃牛尾汤——几个小时前,父母和妻子他们也是在这里吃的。我们一家人在珲春的第一顿团圆饭,是通过接力的形式实现的。

弟弟家的空调坏了,因为每年高温的天数实在有限,再买一个似乎不太划算,他开车去商场买了两个电扇。

那天晚上,弟弟家的双胞胎叮叮当当和暖暖都要跟爷爷睡一个房间。暖暖还让我哄她睡觉，然后再离开。我和父亲一起，跟他们三个在大卧室。她们开始入睡，虽然有一个电扇，但房间还是很热。父亲在床的一边，用扇子给叮叮当当扇风，我在另一边，用一本书给暖暖扇风。三个小家伙翻翻滚滚地睡着了，我跟父亲不停地给他们扇着风。

这时候，弟弟从外面买来了一些消夜的鸡爪、鸭肠、笋干什么的，母亲把早就冰好的啤酒拎出来，我们走到客厅去吃东西。父亲没有出来，他已经基本戒酒，也更愿意躺在孙子孙女旁边，跟他们一起享用黑夜。母亲特别兴奋，她一直期盼着这样的夜晚，一家人在孩子睡后，喝喝酒，吃吃东西。大家都很开心，夜晚的闷热不算什么问题，甚至，必须有闷热，这冰凉的啤酒才能让我们体会到团聚的快乐。

第二天，弟弟请了假，我们开车去这里的一个旅游区玩。这里最特别的地方，是跟邻国朝鲜接壤。我们到了防川，这里有一座桥，桥的这边是中国，那边就是朝鲜。对这个神秘的国度，我们有太多似是而非的了解，某种程度上，它只存在于想象之中。乘坐一辆观光车，我们进入防川，司机说，这座桥走到栏杆那里，绝对不能再往前走，否则就越过了国界，对面的人会开枪。我们略有紧张地叮嘱几个孩子，绝不可以乱跑，他们哪里会懂得国界线啊。

那条河并不深，对岸是没有森林的草坪，据说曾经是有森林的，后来都被砍伐了。我看到几只羊在岸边吃草，还有几只鸭子在河里游，它们也并不知道一条河分属两个不同的国家。我们走上桥去看了看，看不到任何有特殊性的东西，就回来了。对面的白色房子，也只是几栋房子而已。这个景观的象征意义，远大于实际意义。

后来，我们找到了另一条河。河水清浅而温热，底部全是沙子，孩子们兴奋地冲进去玩水，不一会儿就脱得只剩下内衣。当我们在河里走来走去，河底的沙尘被踩动翻起，河水显得浑浊，泥沙中有一些带着金光的东西，不知道是什么矿物。

暖暖从来没有在一条河里这么玩过，她几乎变成了一条泥鳅，用水枪把大人们的衣服弄湿，趴在水里假装自己在游泳。

第二天，我要跟弟弟去他工作的矿山。二十年前，他独自一人到这里工作，大雪封山，他住在冰冷的宿舍里，手脚冻得肿胀如馒头。我无数次想象过他在大山之野的生活。

　　清晨五点钟，我们早早起床，到街边的小店吃早餐。珲春城太小了，但是安静，这里除了汉族人、朝鲜族人，还有很多俄罗斯人。据说这些俄罗斯人，喜欢过关到中国，买很多小商品带回去售卖，就能换得几个月的生活费。小店的包子，竟然出人意料地好吃，我吃了三个，感到了饱腹。然后我们开车出发。这可真是大山之深，盘山道不停转弯，至少有几百个弯道，曲折胜过羊肠。路两边都是深密的森林，每年都能看到新闻，有东北虎在这片山野出没，甚至叼走了半山腰几户人家的鸡羊。不时能看到一条土路，从公路向森林中延伸出去。弟弟说，土路通向的地方曾经也是矿区。我幻想着有一头老虎跳出来，站在路边，目送我们离开。

　　老虎没有出现，只有被车轮轧死的蛇，和草丛里跳跃的野兔。在山路旋转中，我已不辨方向。快看，弟弟把车停下说。我们到了一处开阔的山腰，右边远处太阳正要喷薄而出，而云雾之海已经笼罩了整座山。大地如蒸笼，山峰像绿色的馒头。

我们终于到矿区了。比我想象的、比我在弟弟的微信和视频里看到的，都要小一些。弟弟把我送到他的临时宿舍，就去上班了。我一个人闷坐了一会儿，走出宿舍，在矿区闲逛。我看到楼下有一个篮球场，且有两颗球摆在那里，立刻兴奋地去投了几个球。天太热了，很快变得口渴，我沿着那条主路走。

这里像一个功能齐全但人口略少的镇子，路两边是各种厂房和废弃的机械，还有一些简易的居民房，形成了一片棚户区。棚户区里住的大都是老矿工，他们有的几十年都不曾走出这里，最远不过是到珲春城。棚户区的道路上，到处是腐烂发霉的杂草，没有什么规整的院墙，大都是用木头或铁丝网围起的栅栏。所有的门窗都很破旧，院子里停着摩托车或电动车，也有小汽车。一根铁丝拉起晾衣绳，一家人花花绿绿的衣服在微风中轻轻荡着。我还看到一张棕色的沙发，被安放在萋萋荒草之中，阳光下闪耀着的光泽。这种景象太奇妙了，我忍不住去坐了坐，沙发的缝隙里立刻渗出前几天下雨积存的雨水，在我的裤子上浸出一个难以形容的图案。

我找到了一家小商店，跟老板娘攀谈了几句，买了一根冰棍，一瓶可乐。一口冰镇可乐灌进去，肚腹立刻被碳酸的现代感激活，我看到了更多废弃的汽车。路边一栋灰色的旧楼，上面有三个大字"俱乐部"，另一栋破旧的房子写着"劳动服务公司浴池"，还有一家小小的医院、派出所。可以想见，在矿区最繁华的时日，这里就是大山深处的一个小小飞地，人们能在这里获得绝大部分生活所需。后来弟弟说，多年前，这里不但有许多家小饭馆、烤串店，甚至还有一片小小的红灯区。是啊，那些正当壮年的矿工们，常年在矿井下卖命，而矿区里女性本来就少，他们总要解决生理问题。附近的警察对此心知肚明，也就睁一只眼闭一只眼，既是一种人道主义，也是从侧面防止强奸等犯罪的发生。

中午，弟弟从食堂打来饭菜，我们就在他的宿舍里简单地吃了午饭。饭菜味道不错，至少比我所在的北京的单位食堂要好些。我在想，如果闭关写长篇，这里是个不错的地方。有食堂，有大山，有不多不少的人，甚至有猛虎在林中出没。不过，这座矿山在不久的将来也将废弃，因为国家要把这里建成一个巨大的保护区。

因为第二天我们即将离开，下午六点钟，我和弟弟开车下山。我们回到珲春城时，天色已暗。街边路灯，赤橙红绿，甚至一些早已下班的政府大楼和宾馆的外面也布满了彩灯，小城的夜晚看上去比白日更辉煌。似乎北方的城市都是这样，特别喜欢用大红大绿的灯光去装饰一切。我们对于繁华的认识，一定程度上就是灯红酒绿。

一路上，我不止一次看到路边有人挑着担子，售卖一种水果。出乎意料，竟然是杧果。这样一个不产杧果的地方，怎么会那么多人在卖杧果呢？我好奇地问弟弟，他也没有准确的答案。车速很快，一回头，矿区早已经看不见任何踪影了，我只见漫漫的稻田后面，是莽莽山野。

杂草与尘埃

旅行彻底结束，我们要离开珲春了。

拎着行李下楼，我和妻子女儿上车。母亲还在跟暖暖说笑，父亲转过头去，我清楚地看见，眼泪从他脸上滑落。其实，这一次旅程里我已经清楚地感觉到，他比任何人都更脆弱。这脆弱，包裹在他的保守和一丝顽固之中，很少显露出来，但我庆幸自己安排了这次旅程，只有这样的形式，才能撬动他五十余年人生所形成的生活定势，才能让远方和他人成为他真切的体验。他当然还要回到内蒙古北部的乡村，回到那所待了几十年的小学，继续去跟几岁的孩子一起学写字、念课文，但他毕竟见过了大海和波涛，见过了猛虎和细沙。生命的区别，有时也只在这见与未见之间。

我们无话，上车后给父亲发语音，告诉他按时吃药。他只回，知道了。

到长春，出站然后进站。一个小时后，我把妻子和女儿送上去松原的火车；两个小时后，我独自登上回北京的高铁；九个小时后，下火车，坐地铁，从牡丹园站出来，我已到家。

一进屋，我打开电闸，倒在卧室的床上，掏出手机，告诉家人我已到京，然后翻看备忘录里这些天写的诗，竟然有十首之多。我放下手机，感觉到自己的身体，正在缓慢地沉入床中。我蓦地坐起来，除了北京家里的床，我不能在任何其他地方的床上找到这种踏实感。这些年经常外出，每一次回到北京，都是回家的感觉。我的家人四散各地，我的家已成了北京。

二十天后，父母从弟弟家回到老家，他们这次出行刚好两个月。家庭群里，母亲发来一张照片和一个小视频，老家院子中长满了一米高的杂草，菜园子里豆角已经被青草覆盖，有些枝蔓已经爬上了墙头。只不过几十天没有人在这里生活，一处三十几年的院落，就会显得荒芜。而在城市中，人们出门一段时间回来，花盆里的植物大多会枯黄，屋子里堆积的，却是灰尘。看来，的确只有人才是抵御时间的根本，只有那日出日落间的细碎劳作，在为我们的生活提供防腐剂。

再几个小时后，母亲又发来一个小视频，她和父亲坐在了土炕上，吃着一餐简单的晚饭。我想，在对最日常的食物的咀嚼和吞咽中，被时光侵蚀的家，正一点一点回到他们心里。记忆缓缓苏醒，生活重新接续到原来的轨道，然后按照曾经的惯性，继续向前。

只是对于身在北京的我来说，人到中年，潮到岸边，老家已成远方，他乡已是故乡。

天下有羊

不如牛与羊,犹得日暮归。

——贾岛

出生

让我们先看一首诗吧,诗有些长,但值得看完。

2月17日

塔特·休斯/文 杨志/译

一头羊难产。寒风

刮过雨后微薄的日头。这母羊

躺在泥泞的斜坡上。苦恼的,她起身

黑黑的一团在尾巴下的臀尖

摇晃。狂奔、跳腾

使劲甩动尾部

羊羔露出了头,

我捆住她。头朝上放倒,

查看羊羔。一个血球在它的黑皮里

胀得紧紧的，嘴沟

被挤得扭曲，黑紫的舌头吐出来，

被它母亲勒住了。我越过母羊身上的绳索，

往里摸索，探进光滑的

肉沟，用手指摸索一个蹄子

再缩回骨盆口。

没摸到。他的头钻出太早

脚没跟上。他本应

顺应他的出路，蹄尖，他的蹄子

在鼻下缩拢

平安出世。于是我跪下来

她拼命呻吟着。手没法把羊羔的脖子

塞回她体内

再钩出膝盖。我套住那孩子的头

使劲拽，她哭号着

要起来，看来不行。我到两公里外

找来消炎药和一把剃刀。

沿羊羔的喉线切下，用一把刀子

撬脊椎，割下脑袋

这脑袋瞪着它母亲,血管堆在泥里

与大地连为一体。然后

把残余的颈子推回去,我推

她也推。她号叫着推,我喘息着推。

分娩的力量

和我拇指的力量

在子宫口的脊椎边僵持,

来回拉锯。直到我的手

奋力塞进去,摸到膝盖。然后像用一根弯曲的手指

把自己钩上天花板一样,调整自己的劲儿

配合她分娩的呻吟。我拉扯

那不肯出来的尸骸。出来了。

接着是生命那长长的,深黄的,快速流出的部分

在冒烟流下的油脂、浓汤和血浆中——

躯干出生了,旁边是被割掉的脑袋。

这是英国桂冠诗人塔特·休斯的诗,译者是我的朋友杨志。多年前,他因为翻译这首诗,曾向我咨询过母羊产羔和给羊羔接生的事情,估计在他的朋友之中,只

有我是从内蒙古来的，对此事略有所知。我跟他详细讲述了有关母羊生产的种种细节，他惊叹说，不知道这些，真是很难理解休斯这首诗在写什么。从那时起，在遥远的英国，休斯所面对的那只难产的羊和它的后代，就这样进入我的记忆之中，和中国的羊融为一体了。更重要的是，这首诗真正激活了许多我童年习以为常的经验，比如一只羊的出生和死亡，或许多只羊的出生和死亡，以及这些温顺的动物在短暂的一生中所经历的命运。

作为一个在内蒙古农村长大的人，从记事起，每年冬春都会见证许多羊的命运，被宰杀或冻死的大羊，艰难出生或难产死掉的小羊，当然还有活下来的，只需一个草青青的春天，就能长大。春节时羊圈的对联，我跟父亲每次都一成不变地写着：大羊肥又壮，小羊月月增。为什么会是这样平仄不对称的对联，连父亲也说不清，他只记得从他开始写的时候，就是这两句，就像那儿的人也不会去追问为什么要放牧牛羊、种植庄稼。一切生来如此，并仍将继续下去。冬去春来，所有的动物和植物，有的活下来了，有的死掉了，并无人为此哀悼或感到过多的悲伤——也许有，但那是由它们所象征的食物和财产的失去引起的，而不是出于对生命的敏感。在乡下，生命是一种本然，来来去去，人与万物的差别并不大。

休斯所描绘的接生场景，有些极端和恐怖，在我的记忆里，母羊生产时常常面临难产的境遇却是真的。有经验的放羊人，会帮助大羊生下羊羔，但有时候经验不起作用，羊羔就会胎死腹中，大羊也会因此丧命。羊羔大都在冬末和初春出生，那是一年之中最冷的季节，来自西伯利亚的寒流席卷每一个角落，与之相伴的是大风雪。我们睡在烧热的土炕上，身下有温暖，但木窗棂和老旧的玻璃却在风中颤抖，寒风不会放过任何一个缝隙，第二天清晨，窗子上会因为内外温差留下厚厚的冰花。那是我童年时所见过的最美丽的画面，晶莹剔透，有种种自然界本不存在的形状，并且用舌头舔去，能感到一种因冰冷所带来的甜意。在没有糖的时代，乡下孩子痴迷于大自然所赋予的种种可能的甜，想象的甜。

常常，深更半夜时，在风雪的吼叫中我听见父亲和母亲窸窸窣窣穿上棉衣，拿着手电出门，即便在里屋的被窝里，仍然能感受到门缝中钻进来的那一股寒气。它仿佛是一个潜伏了太久的杀手,迫不及待地将冷刃插入我们的身体。我打了个哆嗦,把被子裹得更紧一些,整个身体都缩成一团。我很清楚他们去羊圈了,因为有一只或几只大羊很可能在这样的夜晚生产。尤其是暴风雪的夜晚,因为抵御寒冷导致的体力下降,早产也就更加普遍。后来我知道,大多数哺乳动物在出生之前,在母亲的子宫里都是一种蜷缩的姿态。

在冬日,被窝就是人们的子宫,只有足够温暖,才能孕育出第二天醒来的勇气。

不知过了多久,父母带着更多寒气回到屋里,嘴里说着生了,或者还没有生,等天亮看看。一个晚上,他们要如此起来三四次,因为如果没能及时发现母羊难产的情况,就很可能面临失去大羊小羊的危险。在那个时代,羊圈里的十几只羊是全家唯一可以换回现金的物产。种田能让人们吃饱饭,但是只有粮食显然并不能过上正常的生活,你还得有足够的钞票,去买洗衣粉香皂,买坏掉不得不替换的锅碗瓢盆,以及看病买药交学费。人们别无他途,只能想方设法,恨不得把羊身上的每一根毛都卖成钱。

我又迷迷糊糊睡去，不做任何梦，也许做过，但是忘记了。后来，为了方便照看羊，父亲在羊圈拉了一根电线，接上了15瓦的灯泡。灯绳在外屋的门后。那些小羊，就在15瓦的昏黄灯光的照耀下降临人世。万物有灵，它们从母体中滑落，第一次睁开眼睛时，这灯光一定比明晃晃的太阳或漆黑一片带来了更多的安心。

相比活下来并且长大，降生是简单的，只不过一瞬间的事情。很多第一次生产的大羊，因为没有经验，不懂得喂小羊，人们便只能一次次抓着羊羔塞到它的乳房下面，好让母子都适应这种亲属关系。羊羔不得不跪下前肢、仰起脖子，才能吸到奶水，所以那些以羊羔跪乳来附会孝道的，也只是附会而已，跪是它们不得不选择的生存方式。

还有一些母羊并没有奶，母亲便只能用瓶子给小羊喂米汤，那时不同今日，买不到可以长期保存的牛奶，也不可能去买。等小羊稍大一些，则把黄豆炒熟，用石磨磨成豆粉，再用温水和成一团一团，抹在羊羔的嘴里喂下去。每年，都至少三分之一的羊羔，都是靠母亲的米汤和豆面活下来，长成一只大羊的。

羊圈太冷了，刚出生的小羊身体弱，皮毛薄，完全抵挡不住零下二三十度的寒冷，于是便只能把它们放在屋里，常常是外屋的灶坑旁，那儿的灰烬还带着余温。但是它们并不懂得自己逃脱了成为冻死骨的命运，或许是出于对母亲不在身边的恐惧，或许是由于对陌生环境的不适应，又或许只不过是一种本能，它们开始不停地叫，毫无顾忌，完全不管自己的声音在深黑的夜里是多么不合时宜。只有彻底叫够了或叫累了，它们才会伏在已经冰冷的火灰旁睡去。不管父母如何尽心照料，还是有些羊羔会死掉，冻死，得病，被其他大羊撞死。那些死掉的羊羔，会被剥掉皮，皮子晒干，熟好，用来做羊皮手套或羊皮帽子。

那时候，我恨极了这些叫声。但是，羊被宰杀的时候，却不怎么叫，不像猪，能叫得隔壁村庄都听见。羊被捆住了四肢，摁倒在桌子上，尖刀插进颈部，它们只是象征性地叫几声，绵软无力，就慢慢死去了。也许它们此时对自己的命运已经很清楚了，不做徒劳无功的挣扎，这么一想，就怪不得人们说"绵羊一样顺从"，或者"待宰的羔羊"了。中国的老百姓，就常常被当成这样的羊，某些地方，我们也的确很像。这是值得写大文章的话题。

清晨如约而至，有小羊出生的日子，我常常忘记了玻璃上斑斓的冰凌，穿好衣服第一时间跑去羊圈。我看见了那小小的生命，蜷缩在母亲的身体旁边，它还太孱弱，羊毛细软短小，不足以抵御零下三十度的寒冷，只能借着母亲厚厚的羊毛来尽可能保持体温。它不停地叫着，声音清亮得有些刺耳，穿过羊圈的土墙和用树枝、庄稼秸秆搭成的顶棚，直冲头顶青蓝的高空。我不知道它在叫什么，渴了饿了冷了，或许它只是想一次又一次向着世界宣告：我来了。

莫说它，即便是已经七八岁的我，也不会明白这种宣告的幼稚单纯。接下来，它将面对成长所要经历的一切可能。

羊的日常

春天的温暖和葱绿呼唤所有的生物行动起来，从家园或领地走出去，寻找新的食物，新的生机。农民们要去翻开逐渐解冻的土地，把粪肥均匀地撒在上面，为即将到来的春耕做好准备。牛羊被牛倌儿羊倌儿赶到了山野上，它们将凭自己的能力和运气寻找刚刚露头的青草芽，好改善一下吃了一整个冬天干草的胃部。那种甜滋滋的清香会让几个月大的小羊羔第一次尝到大自然的味道，那是和羊奶或人们喂的豆面截然不同的东西，柔嫩多汁，从此，它们将爱上这种食物。

然后是炎热的夏天。羊群依然从清晨出发，一路沿着山坡向北面或西面行进，边走边吃，一直走到大山的深处。北方的山上石块和草木各占一半比例，它们会找到一眼山泉，低下头去舔舐清凉的泉水。此刻，所有的羊都吃饱了，血液把营养和力量送到身体的每一个关节，它们对遍布的青草失去了兴趣，鼻翼和眼神开始寻找山崖上更稀有的一些植物。这些植物或苔藓里，要么含有丰富的盐分、糖分，要么含有它们天生就喜欢的物质。羊群开始分成两拨，笨拙的绵羊们已经感到困意，它们小富即安，只要吃饱了，便不再追求过多的口味，趴在一处树荫下。它们并不睡觉，只是卧在那里休息，眼神看着身边的石头、植物，也有的看向远处的村庄。没有人，也没有羊知道它们在想什么。而另一拨，灵动敏捷的山羊则趁羊倌儿不注意，跳上了一块巨石。它们的蹄子仿佛垫了弹簧，只几下就跃上很高的一座山崖。小羊们学着大羊的样子，不用多长时间，就掌握了跳跃的技巧，很快追了上去。山羊真是天生的攀登者，它们几乎能登上大山的每一处，哪怕最高的那块石头只有巴掌大小，它们依然可以把四个蹄子都踩在上面，稳稳当当，体会着大多数人都没有体会过的一览众山小。

这些骄傲的山羊们会在岩石上寻寻觅觅，找到难得的美味，有时候只是一场空，但是没关系，仅仅是跳跃和登临就足够值得冒险了。太阳西垂，阳光不再明亮刺眼，而是带着一种暖热和昏黄之感，这时候山羊们看见自己在岩石上的影子越来越长，它们知道，下山的时间到了。

突然，一只小羊羔踩翻了一块石头，从山崖上滚落。几只目睹全程的羊都叫了起来，但并不是惊恐或难过，只是一种本能。小羊羔从地上站起身，也叫着，活动四肢，大多数时候它们都毫发无伤。

接着，羊倌儿们的鞭子在空中抖出一声鞭哨，没有鞭子的则发出一声啸叫，声音各个不同，羊群开始慢慢聚集，然后披着夕光向村子走去。

冬日的一天流程依然如上，只不过没有青草让它们奢侈地选择，它们只能寻找那些没有被风吹散的、已经枯黄的干草来吃，或者啃食树叶甚至裸露出地面的草根。随着温度的逐渐降低，绵羊身上的毛越来越厚，像一团棉花，而山羊身上则开始长出细密的羊绒。

这就是羊在四季的每日行程，它们在日复一日中长大，被剪去羊毛或羊绒，然后就是那终将降临的命运。那才是真正的奇妙旅程，它们会从此走出草原和山野，走向遥远的城市，化身千万。

穿越之门

前几年的一个秋天，我在微信上吆喝着卖羊，并且真的卖了几十只。

这事情起源于某次回老家，跟父亲谈起北京的羊肉不如家里的好吃，且贵，而父亲说家里的羊卖不上价。我说，如果能把家里的羊卖到北京去，一定能多卖一些钱。很多话说过犹如风刮过，不留一点儿痕迹，这句话也是一样。去年冬天，忘记因为什么，父亲重新提起这些话，我其实没有多大积极性，因为就算一只羊多卖两百块钱，二十只也才多四千块钱，不如我坐下来老老实实写一万字。再后来，和同事、朋友谈起这个话头，他们却热情高涨，纷纷表示如果要卖，他们一定会买。

看来天下人苦没有好羊肉久矣！

天下牧羊人的羊肉卖不上好价钱亦久矣！

更多是出于对这件事的好奇，我开始张罗起来，并且在公号上发了一个卖羊启事。然后陆陆续续收到订单，因为第一次操作，所有买羊肉的人一次只能订一只。最后大概有二十只的订货。

我告知父亲，他联系了顺丰的冷链业务。顺丰的业务员从林东镇到村里，把宰杀好的羊肉装箱，然后以最快的速度发货。一天到两天之内，二十只羊就到了购买者的厨房。我把收到的钱转给父亲，然后算了算账，心里不免诧异。

前几年，一只两岁口的羊，收羊的贩子去村里收购的话，最低三百块钱，最高五百块钱，近两年物价见涨，也只有八百块钱而已。我们前面写到的那些小羊羔长到第三年，大概也就值三百块钱。宰杀一只羊，以现在的劳动报酬水准，至少要一百块钱的人工费，这个都是自己动手，暂且不计入成本。从老家到北京用顺丰的保鲜速递，运费也要三百块左右，更远一点儿的话，则要四百块左右。也就是说一只在老家价值三百块钱的羊，在路上就已经彻底消耗完了自己的价值，到北京之后，只剩下一个概念了。

这只羊抵达城市，仿佛需要从零开始，重新证明自己的价值。这只羊走进了烤串店、火锅店或超市的肉摊，它能值多少钱呢？吊诡之处就在这里，可能是八百块钱，整体价值甚至能达到一千五百块钱。那些在路上消失的钱，又开始成倍递增起来，是这只羊发生了变化，还是这个世界发生了变化？从农村进入城市的门，仿佛一个奇异的穿越之门，抵达时一切归零，再走出时价格翻倍。我们当然可以从经济学等角度去解释清楚这件事，并且把运费、税等各种账目算得头头是道，但问题在于，这只旅行的羊既不关心，也不理解这些，它只是一堆冷却的肉，待价而沽。养羊的人们想关心这些，却不会有任何的机会和话语权，他们唯一的议价权停留在三百元的起始处。

这只羊化作羊肉片、羊肉串、羊肉汤，进入人们的口腹，它的旅行似乎结束了。这么一想，我不免震惊，这笔无法抵消的账目一直留存在脑海之中，直到后来的某一天，我以此为素材，写了一首诗。

卖　羊

买羊的人把羊

赶上加满油的汽车

就离开了村子

那时我在北京

和几个半醉的人讨论诗

一只羊平均三百

相当于　半双皮鞋

一桌可咸可淡的饭（不含酒水）

百分之一个名牌包

零点零零五平四环的房子

我们每天睡九只羊的床

盖三只羊的被子

或者用更精确的换算

一只羊等于一千个方块字

分行的话只需三百个

我不知该如何解释

一只羊和一首诗等价

我唯一能做的

就是在父亲杀完羊后

把地上的血迹擦干

　　有意思的是，这首诗如果发表在稿费标准高的刊物，我大概会拿到三百块钱的稿酬（三百像一个魔咒，笼罩在这只羊所到的任何地方）。也就是说，如果这只羊变成了几行字，它将回到自己的价值起点。只是，我们需要知道，计算最初的那只羊的价格，不仅仅是计算它的肉，还包括它的皮毛骨血、心肝肚肺，包括牧羊人付出的所有劳动和汗水，包括那块土地的青草、河水、空气。还有一个巨大的不同在于，卖掉的这只羊，将永远不再属于那个养它长大的人。而这首诗，不论我发表了多少年，不论过了多久，它将永远署着我的名字。我以合法合情合理合乎逻辑的方式，用几行字，置换了一只羊的生命，置换了它背后所包含的一切，并且永久地占有了它。

那一刻，我深深为此感到羞耻，仿佛是我用一个个字，宰杀了那只羊，并把它剥皮剔肉的。我回想起那些和小羊同在黑夜的日子，那些在山上放牧它们的日子，那些杀掉它们的日子。我想起这只旅行的羊和牧羊人以及我们的命运，然后就看见：天平上的指针始终滑来滑去，永远不会停在让两端平衡的点上。

卑微若贱

截至今日清晨，我所知道的一切事物

都生于轻微的遗憾，而死于永恒的残缺

只有大海，从不曾辜负它经历的风雨

我认出风暴

卑微。

卑。微。

卑贱。

卑。贱。

这是三个很相似但又不同的字,它们互相纠缠,互相转化,指向人生同一处海底。这里有冰冷坚硬的礁石,也有五光十色的珊瑚,更有不知名的海底生物常年游弋逡巡,它们或者牙齿锋利,总是试图吞噬些什么,或者发着幽暗光芒,要为这黑暗的深海带来某种暖意。

如果你潜入此处,用潜水镜仔细看,会发现也许不是海底生物,而是一个个的人。人们沉游于此,然后缓慢或迅猛地向海面上升,阳光和空气在诱惑着他们,气压和水压也在逼迫着他们。最终,人们总会漂浮到海平面的，只不过有人见到的是新世界，而有人则失去了生命。

或许事情没有如此沉重，或许以上只是危言耸听，但是在人们的内心之海，卑微所掀起的风暴和涌动的暗流，的确不亚于一次深海探险。一想到这三个字，我脑海里就会浮现波涛汹涌的海啸之声，而这声音里的主旋律，却是里尔克的名作《预感》：

> 我像一面旗帜被空旷包围，
> 我感到阵阵来风，我必须承受。
> 下面的一切还没有动静：
> 门轻关，烟囱无声，
> 窗不动，尘土还很重。
> 我认出风暴而激动如大海。
> 我舒展开来又卷缩回去，
> 我挣脱自身，独自
> 置身于伟大的风暴中。

"我认出风暴而激动如大海"，是的，此刻，我写下这篇文章，此刻，你正在读这篇文章，都是我们在努力认出各自的内心风暴。只有认出才会激动，才能欣赏风暴的力量和美，才懂得其伟大。

而我们对风暴的辨识，常常来自水面的微澜，一叶落而知天下秋，一水动而知风暴至。只是，最难的是找到和看见那片叶子、那滴水。初冬的一天晚上，杂志社在德国大使馆有活动，是一本刊物的发布会。与会者除了相关的工作人员，都是这个城市与德国文化有关的批评家、诗人、作家、翻译家。这是我第一次参加这样的活动，大使馆提供了冷餐和饮品，我吃了一块点心，端着一杯香槟跟认识不认识的人频频碰杯、颔首，努力装得跟对此熟悉的人一样自然，但我心里始终惴惴的、怯怯的，生怕自己露出一个乡下人的底子。好在人很多，没有谁会关注一个沉默的年轻人，我也可以借主办方工作人员的身份，让自己显得很从容。

晚上十点左右，活动终于结束，几个同事站在大街上打出租车。空车很久不来，我们瑟缩着身体，一点一点地嵌入北京的深夜，仿佛我们本来就是这夜色的一部分。因为之前北京落了大雪，当日出了一会儿太阳，雪在缓慢地融化，路灯下，白雪和水泥地形成了奇形怪状的斑驳之态。空气很冷，也很干净，风透过衣服缝隙，让人全身每个毛孔都能感受到冬日的真正含义。夜晚的北京总要更迷人一些，何况还是初冬的雪后的夜晚，朦胧的灯光里，大街比朋友圈里的摄影大赛更美，因为不只眼睛，连你的身体也能体验到它。

后来，我和一位顺路的同事终于坐上了出租车，往西北方向行驶。路上聊天，说起前段时间我在朋友圈里发了一条消息：这几个月一直想写一篇文章，叫作《卑与微》。她很好奇，说，我看见你那条微信了，当时很奇怪，不知道你怎么会想写这样的东西。你有什么可自卑的呢？我说，这有什么奇怪的，不过就是我自己的生活啊，卑微，卑贱的卑，自卑的卑，微小的微，微弱的微。她还是不解，我却无力更好地解释，后来我们就转到了其他话题，度过了短暂的同路旅程。

下车的时候，冬夜之风再一次穿过我的身体，消失在城市的每个角落，但我知道，它已经吹起了我内心的那只蝴蝶，一场有关自我和命运的风暴，正从深海处悄然涌动。我认出了它，激动如大海。

卑

在中国的文化里，卑字有一系列相互勾连的解释，更有无数典故、文学作品和历史事件佐证着它含义的丰富性。漫长的历史中，许多词语的意义都发生了这样那样的变化，有的甚至走向了自己的反面，但也有一类词语，不管经过多少年多少代、多少人多少事的淬炼，它们的含义都稳定如昔。卑就是这样一个字。对我来说，这个字首先是指向自身的，也就是自卑。也许，在一些人眼中我完全不必自卑：在一所很有名气的大学读书，甚至读完了博士；在业界最有名的杂志工作，自己也在不断发表作品、出书、获奖；有幸福的家庭，一个正在成长的女儿。这些看起来都在描绘一种让人感到安心的生活，可是，自卑并非这些可以被标签化的东西能稀释掉的，它在本质上是一种精神状态，一旦突破临界点，甚至可以说是一种精神疾病。不同于其他精神疾病的是，自卑并非突发的创伤体验，相反，它是长久的潜移默化所形成的内心血痂。

这种心理状态，从童年就开始悄无声息、全方位地建立，更重要的是，随着时间的推移和境遇的改变，它不但不会消失，反而会不断生长，直到形成顽固的思维和行为方式。它是一个独特的"创伤性内核"，但遗憾的是，对有这种创伤性内核的人来说，在很长的时段里，自己都意识不到它的存在，更无力去控制它。只有到它已经明显暴发的时刻，我们才会惊醒：原来我是这样自卑，原来它一直如影随形，原来自卑可以到如此程度。因此，对自卑的认知，通常是回溯性的，而且是一种屈辱的回溯：往事不堪回首，又不得不回首，否则便看不清将来的路。

我个人第一次明确认出自己的自卑，是十几年前初到北京的一瞬间。

二〇〇一年八月底，我乘坐十几个小时的长途汽车，从内蒙古老家来到首都北京。到站时还是凌晨，我无处可去，只能待在车站里，等着北京的天空亮起。好在深夜的候车室里几乎没人，我可以躺在候车室的长椅上，想象着即将投身的北京是什么样子。在书上、电视上见过的影像，不断重叠组合，那些头脑中的高楼大厦和车水马龙虚构着这座城市。

还没看见太阳，但天色渐渐亮了。我从半梦半醒中起身，背起行李，出了车站。所有的想象都无法抵挡现实的迎头一击，我一瞬间就晕街了，有天旋地转之感。置身在巨大的车流里，站在耸入云天的高楼下，和行走于那些在我看来属于城市人的人群中，我感到一种前所未有的恐惧和沮丧。生理性的眩晕和心理的认知息息相关，我不得不闭上眼睛待了一会儿，世界终于慢慢稳定下来，不再旋转，然后我很快明确了，这是一种突然升腾的自卑感，摁都摁不住。

到北师大报到的当天晚上，宿舍里的同学聊天，各自说起自己高考的分数，似乎也偶尔提起家境——其实不用提，只看各自床铺上的物品、打开的皮箱就能判断一二。我小心翼翼地回避自己的成绩，因为我的分数在内蒙古还算不错，但在他们的省市，只够去一个非重点院校。那时候我还不了解中国高考的诸多政策，也不清楚各省市自治区招生的种种规则，我只以为所有人经受的都是同样的教育，做的是同样的试卷，而我的分数比起他们是如此之低，怎么可能不自卑。第二天，新生去校医院体检。宿舍里的人一起在校医院的走廊里排队，睡我上铺的兄弟无聊，拿起了纸笔，随手就画了一幅中国地图。惶恐又瞬间而至，这玩意儿我复读了三年都没背下来，他随手就能画，我们的差距似乎与生俱来，而且不可弥合。

也是在这一天，同宿舍的几个同学置办了新的自行车，就停在宿舍楼下的车棚里，新鲜闪亮。他们互相询问着价钱，说找一天晚上一起骑车去天安门看升旗。我心里忍不住生出一种酸涩感。对自行车我并不陌生，初中的三年时间里，我每两个星期就要骑自行车穿过四十里山路，往返于家和学校之间。但那是怎样的一辆车啊，是父亲和叔叔们把几家人骑坏的车拆卸开，这个的轮子配上那个的大梁、那个的车把加上这个的链条，才终于有了这辆车基本的模样。脚踏板只有一只，坐垫是用羊毛毡子自己剪裁缝制的。那段时间，我疯狂地想拥有一辆属于自己的全新的自行车，但，这是不可能的。

以至于此刻看见身边的同学随随便便就买了新车，我开始怀疑我们是不是来自同一个世界。这个晚上我失眠了，我不知道自己能否在这样一个群体里生存下去，甚至生出一种逃离的心境。此刻想来，这当然无比可笑，但在当时，我前几个星期确实都是瑟缩在被子里，很晚才睡着。

事实上，很长一段时间里，我在这个城市的任何一个地方都感到胆怯，一种源自自卑的胆怯，我觉得所有人都比我聪明，比我高贵，比我富有。而我，一个农村来的穷小子，甚至不知道该怎么样和这些人交谈。第一次去食堂吃饭，我再次感到了惶恐，怎么会有那么多窗口，有那么多种我听都没听过的菜啊？当然，还有它们的"天价"。那时候，我对蛋炒饭怀有一种神圣的崇敬感，对我来说，那是世界上最好吃的东西。一盒值两块五毛钱巨款的饭，怎么可能不美味呢？鸡蛋是二十多年来我所知道的仅次于肉的美味，我太喜欢炒鸡蛋了，直到现在。所以如果一份白米饭里还加了鸡蛋，它必然是一种高贵的美食。

好吧，可以这么说了，这种自卑来源于我成长环境的闭塞，来源于落差，但更大程度上是来源于贫穷。在这样的社会里，所有的尊严都需要一个维护它的物质基础。从小到大，我也看多了那些励志故事，谁谁通过努力奋斗最终成为亿万富豪，谁谁不怕辛苦，然后得到了命运的垂青——但我本能地不太相信这些神话，因为我身边生活着更多艰苦劳作却没有获得好收成的人。或者说，这个世界的绝大多数人，付出和收获都是不成正比的，否则财富怎么会集中在少数人手里？我是多数中的一个，我身边的人也都是沉默的大多数，他们的土坯房，他们家里的柜子，他们的衣服，他们木讷的脸和心，都刻着一个字：穷。

我永远记得，在读初中的时候，因为除了基本的日常生活所需，还要交我和弟弟的学费，家里总是欠村里人债。这一家三百，那一家五百，从村子的东头走到西头，会路过好几家债主。假期跟父母一起去田里干活，母亲偶尔会说，从后面的路走吧，不要走前街。我知道，她是在担心碰到前街的债主，又没钱还给人家，太尴尬。每当讨债的人来到家里，父母总会把我和弟弟赶去另外一个屋子，然后他们小心地、卑微地请人家再宽限时日。我从门缝里听到只言片语，想象着父母的不安和窘迫，心里充满愤恨与不甘。因为这个原因，中学阶段有很多次我都想退学，我有点无法接受靠父母的尊严去维持学习的机会。

有一年，我们全家人起早贪黑上山，在山林里采了半个月药，卖了几千块钱。我们能给自己的奖赏只是买两根冰糕，母亲和父亲咬一小口，剩下的给我和弟弟。有天下午，母亲和我还有弟弟在家里，她把这点儿钱一会儿藏到这里，一会儿藏到那里，怎么藏都觉得不安全。那时候，我以为是因为这点儿钱太珍贵了，现在我知道不仅仅如此，还是因为多年的贫穷已经让母亲形成了一种无意识：对贫穷的恐惧，对失去仅有的财产的恐惧。有一年冬天，快过年的时候，母亲去镇子上赶集采买年货，可能是因为风太大了，她从口袋里掏钱的时候，有五十块钱被风吹走了。她追了好久也没能追上，这件事几乎让她难过了一年的时间。这种恐惧，自然而然地遗传给了我们。我的很多种行为，都能追溯到这个心理根源。

现在，我想我的女儿可能不会再遗传这种感受了，她对钱的认知已经发生了变化。但是随着她慢慢长大，随着她有了越来越多的伙伴，感受到这个社会不同的面向，她同样要经历类似的心理过程。比如在幼儿园时，她偶尔会回家说，爸爸，我们班的谁暑假去美国了，我们班的谁买了一个特别好玩的玩具，我们班的谁穿了一件艾莎公主裙。我知道这不是攀比，而是孩子对同伴所拥有的事物和经历的好奇。我们也能提供给她一定的条件，但你身边总会有更富有、更有社会资源的人，你的孩子总不能什么都得到。

我从不担心她因为没有得到什么而自卑，因为这些超出日常生活的物质，都不会给人造成心灵的真正伤痛。我担心的是人，和她一起成长的人，只有人才能伤害人，物质不能。作为一个孩子，她还无力判断复杂的交往情况，哪怕仅仅是孩子间的交往。比如在小区里，她跟一群比她大的女孩玩。那几个女孩已经上小学，且经常在一起，如同一个松散的小团体。她很想加入这个团体，于是说："我能跟你们一起玩吗？"女孩们看了她一眼，并不理睬。她继续用更大的声音问："我能跟你们一起玩吗？"她们还是不理她，甚至全都背转过身去，小声地说着悄悄话。她喊起来，她们也喊起来："不能。"她感到极度伤心。我可以安慰她，但她并不了解她们为什么不带她玩。被拒绝不是坏事，她会从中懂得自己和别人之间的边界，有时候，她们带她玩了，我反而更为关注。因为有时候她在群体里是被动的，总是要被大孩子安排她并不是很愿意做的事，但为了能留在小群体里，她不得不遵从这种安排。这时，我常常想办法让她换到同龄的小朋友那组里，甚至以一个冰淇淋作为诱饵，让她摆脱那种忍辱负重般的困境。我担心她过度遵从这种模式，会形成一种被动型人格，所有自卑的人，表现在行为上都是被动性过剩而主动性不足。我和她的妈妈深知这种性格给自己所带来的负累，所以想让她从小就能有更强的主体性。甚至我会从最细节的语言上去引导她，比如那句"我能和你们一起玩儿吗"，我慢慢地让她换一种说法，"咱们一起玩吧"，从一个祈使句变成一个陈述句，但说话人双方的关系发生了微妙的变化。咱们，而不是我。

  我这一代的自卑感，必然会以另一种隐性的方式在她身上存留，我希望这种痕迹越淡越好。也因此，我也在告诫自己别走向另一个极端——强烈的自尊感。很可能我们会无意识地去培养她的这种性格，会告诉她，你不应该也不必要自卑，你和所有人都处在平等的地位。只是，我亦想警醒自己这一点，它的反面也还是自卑，它同样会带来不该有的自伤。

微

我的QQ昵称是"尘埃"，这个名字用了二十年了。

尘埃就是我们这样的普通人，微尘，可以轻易被碾碎，但不会轻易消失。随意的一阵风，就能把微尘吹离它的所在，落在水中，飘在空中，融进无数其他的尘埃里。我们卑，就是因为我们微。哦，对了，在雾霾深重的日子里，我看着窗外灰色的天空总在想：这真是大水冲了龙王庙，一种微尘围困了另一种微尘。尘埃无感，但人类却已呼吸困难，特别是微若尘埃的人们。但正是这样的人，穿行在城市的街巷之中，给许多可以享受净化器的白领们送去咖啡、午餐，打扫着楼道和卫生间，让他们有机会去发出对雾霾的感慨。所以，只有微尘无惧微尘的围困，因为他们无路可退。

在一个并不算久远的时代里，那些最为微小的人，都有着强大的自尊感，他们确实微小，可并不卑贱。他们被告知：无数个自己黏合在一起，就能形成强大的力量，他们也是如此做的，正如那首老歌所唱——团结就是力量，这力量是铁，这力量是钢。但在如今的年月，这样的主体已经越来越少，不是微尘少了，而是能够黏合微尘的那种无形力量少了。在我们这个时代最好的文学作品中，那种卑微而有自尊的形象正在逐渐消失，代之以看似更加张扬个性，其实却内在虚弱不堪的纸片人。具体一点说，路遥小说里高加林、孙少平这样的人消失了，我们只能看见标签化的涂自强。作为一个文学形象，涂自强并不足够好，但他的确代表着某种现实，他的命运所体现的，正是一个卑微者被他所处的生活碾压的悲剧。而且，对他自己而言，这悲剧竟然只能是他的"个人悲伤"。就是说，当这个时代和社会伤害了他，慢慢把他推向死亡的时候，他竟然找不到可以愤怒的敌人，他竟然无法去名正言顺地反抗谁，他竟然只能把这一切归咎于自己的命运。反过来说，涂自强脆弱如玻璃，经不得摔打，他沉溺于奋斗和对自己处境的自怨自艾中。真正"摆脱了冷气"、向上的青年，不应该是孙少平那种试图靠繁重的劳动来磨炼自己灵魂的人吗？不应该是张承志《北方的河》里面对大地和河流不能自已的人吗？

　　文学中很难看见那种具备原始倔强的主人公，我们看到更多的是那些自轻自贱的人，那些自傲自满的人，那些自给自足的人，那些自我催眠的人，那些符号，那些皮囊，那些肉体。没错，我们都是有着个人悲伤的尘埃，经历着一生被篡改的命，哪有什么繁花啊，有的只是被时代的车轮碾作尘。这并不可怕，可怕的是我们不但认同了此种境遇，甚至还要通过自嘲的方式获得喜剧效果。比如，忽然一夜之间，"屌丝"这个本来粗俗可鄙的词就堂而皇之地进入我们所有的话语体系之中。可以看看这几年的电影电视，充满了"屌丝"对自我身份确认的故事：《煎饼侠》《夏洛特烦恼》《万万没想到》，等等。网络和新媒体放大了卑微者的存在感，而这种存在感就是建立在荒诞和悲剧基础上的喜剧，但其最大的特色却是身处泥潭而乐此不疲。《红与黑》是卑微者的故事，《罪与罚》是卑微者的故事，但这些卑微者与此刻卑微者是如此不同。

在中国，卑微者已经接受了自己的命运。自我认知流行词语的演变，正验证着这一点。很多年前，我们是农民、工人、群众，是劳动者，这些以职业或技能命名的无数的微尘。但是不久之后，我们被命名为底层，底层这个词语在新闻、文学和批评中出现，并逐渐蔓延成为一种话语体系，证实了笼统的社会分层的初步完成。这种完成并非是以个体的收入多少来判定的，而是以各个阶层是否实现了自我认同和对他者的区隔来认定的。当掌握话语权的知识分子开始命名、定义和阐释底层的时候，底层就确实存在了，并且完全不需要底层来认可这种区分，他们只能"被命名"。

让人难过的是，底层或准底层的自我身份认知，同样并不是在社会结构中，而是在话语结构中。和文艺青年、普通青年同时出现的分类是"二逼青年"，并且非常多的年轻人以自嘲的姿态把自己称为"二逼青年"，然后是"高富帅""白富美"和"矮矬穷",再然后是"屌丝"这个词的出现。到这里,我们已经把自己放在了语义学伦理维度最底层了,屌,本身就是我们身体器官中最为"卑贱"者,何况"屌丝"乎?我们毫不介怀甚至怀着喜悦地把自己放在"屌丝"的群体里,我们已从内心深处彻底认同了卑微的社会位置。微尘的沉沦,也许就是从甘愿做微尘且以此为某种乐趣开始的。

但微并不总是和尘相关,在它的词语搭配中,有着数量同样多的积极词组:微笑,微风,微妙,微光。是的,微光,在所有和微相关的词语里,我最爱的就是这一个。尽管微弱,依然是光,尽管发光,毕竟微弱。它是真正代表着普通人内心和处境的词语。

若干年前,有一位老师曾跟我说过一件事,他说,那些真正的老北京人,就算在市场经济的环境中没赶上趟,没落了,他们也很少去从事扫大街、捡垃圾这类比较"低贱"的职业,他们喜欢做交通协管员、各种监督员,他们想维护住自己曾有的尊严。我很难去印证这句话的准确性,只不过从我个人看到的情况而言,不无道理。比如我原来住的小区的物业人员，大部分都是老北京人，他们对待所有去找他们的业主，都有一种非常淡定的无所谓的状态。这不是冷漠，也不是高傲，就是一种从小养成的习惯。

从本科开始，我几乎接受所有介绍过来的活儿，给企业写宣传片，给某酒厂写歌词，给别人攒文章，给高中生补课，给剧组打工，因为我要填饱肚子，也因为我要累积那些微不足道的认可，把因"微小"而带来的无力感压下去。只是它像极了打田鼠游戏中的田鼠，敲下去一个，很快会冒出两个来，我必须不断去寻找新的动力。

很长一段时间，别人都对我几年如一日那么早起床感到惊讶，我总是说："习惯了"。实际情况是，对一个卑微的人来说，他一旦获得半点机会，就会拼了命地去抓住，就会疯了一样地劳作，就会把整个的自己投入进去。除此之外，他有什么可依靠的呢？

我们有太多时候因卑微而失去自尊了。有时候，自尊在另一些事情面前轻若鸿毛。几年前，妻子生产，因为宫内缺氧，不得不提前几天做剖腹产。我之前对这种手术一无所知,她也一样,但是后来我们再聊起这件事,则会感到这似乎是女人生命的一个征兆。或者说,生产的时刻,是一个女人最没有尊严(或者不得不放下尊严)的时刻。首先是你需要赤身裸体,把你全部的隐私暴露在陌生人面前。然后倘若是自然生产,你还要声嘶力竭,好借此把那个孕育了十个月的小生命排出体外。不管那个小生命何等可爱,这个过程都是艰难的。剖腹产的人,需要在脊椎打一针麻药,然后被手术刀划开皮肤。那个婴儿终于取出来了,发出了人世中的第一声啼哭。而他的母亲麻药尚未过劲儿,刀口刚刚缝合,医护人员用床把她推到病房里。她的身体还软软的,没有恢复力气,人们只能七手八脚地把她抬到病床上。那一刻,我深深地理解了一个母亲的艰难,生育将女人的人生彻底一分为二。成为母亲,常常就意味着要抛弃自我,至少是部分地抛弃,而这卑微的自我是经过如此艰苦的追寻和塑造才形成的。

这一刻是如此卑微而又如此伟大。也因此,在人类文明中,父亲的文化含义永远无法和母亲相提并论。

贱

写下这个词语，心里就会一紧，自己最不愿面对的那一部分在蠢蠢欲动，它面目模糊而丑陋。很想随时扯过一块遮羞布，把不堪的内心挡住，做掩耳盗铃般的努力。

我甚至无法记清楚，到底是哪一件事情，让卑贱这个词在我身体里生了第一条根须。想起来，它只能和上面谈的自卑有关。长期的强烈的并且是被压抑和隐藏的自卑，容易创造出卑贱的灵魂。我并不以为这可耻，因为我能看见自己的这种"卑贱"。但我需时时刻刻提醒自己，这是一只只以我自己为食的野兽，必须把它关在最适当的笼子里。

我曾悲哀地发现，和任何人说话，我都容易自动进入一个程序：无意识地成为一个秘密的捧哏，不管对方说的是什么，我总是寻找着一切相关的事物来附和，不是奉承，只是无意识地去顺从他们谈话的逻辑。他们说山，我会自动想到石头；他们说冬天，我会自动联想下雪；他们夸耀某些事物，我就做出惊讶的表情。我做的这一切都很自然，不过分，因此成为一个很好的谈话者，别人根本看不出推动对话的到底是话题本身还是我心里的"卑贱"养成的习惯。这也不是一种自我批判，在社交的礼貌和规则层面上，绝大部分人都不同程度地处于这种情况。

我所努力从其中剔除的，是那种习以为常和不以为意，是对不值得尊重的人的无意识卑微姿态。我当然不想走向另一个极端——倨傲，那是比卑贱更不可取的姿态。是的，我想走向一种自我尊重，我要把自己放在适当的立场和位置上，找到那最恰切的立足点。不管面对高官、大款、名流，还是最普通的劳动者，我都应该是我自己。在这方面，我是如此地小心眼，并且到此刻为止，我依然不想开阔。比如，这几年写书、出书，杂志社或出版社常常需要一些评论文章放在公号上做推广，我便向自认为关系不错的朋友开口求助。几乎所有的朋友都爽快地答应了，但是最终会有一两个人没写，而且不告知我任何原因。我理解一切决定，但在内心深处，我已经不可能再把对方当朋友了，我永远也不会再去请他帮任何一个忙。

我像一个押上自尊的赌徒，拼了命也要让它输得不那么难看。

可在另一种情景下，我们永远都是卑贱的，无可更改。

二〇〇五年六月，本科毕业季，因为在公共浴室里传染上了水痘，我被隔离在校医院的一间病房里。封闭了两天后，给我治疗的大夫说，你认识哪个校领导吗？我问干吗这么问？她说，你如果认识，可以让他们和校医院打个招呼，给你用好一点的药，效果很快，不用隔离这么久。只是，我怎么会认识校领导呢？那天晚上，我躺在校医院的病床上，感到了一种被强行摁到弱者的坑里的卑贱感。再后来，在我经历了更多的人和事之后，我知道这世界不但没有你理想中的公平，甚至没有你理想中的正义。

十五年后的一个初秋之夜，我带着女儿在小广场骑自行车，她和小伙伴们飞快地滑行在路灯的微光和月亮的明亮之中，车轮摩擦水泥的声音与她们稚嫩的呼啸交错响起。我坐在旁边的长椅上，一扭头，发现近处一盏路灯下，一个老人坐在水泥台阶上。他旁边放着一个打开的手提包，手里正在翻阅一摞东西，很容易就确定了，那是一摞病历和检查结果。他一页一页仔细地看着，路灯并不明亮，月亮也实在太远，我猜测他并不能认出全部的字和数据，他几乎是贴着那一张张模糊的纸在看，仿佛能看透纸背后命运的真相：病痛，到底指向的希望还是失望？一刻钟后，他把所有病例仔细整理好，放进手提包里，抱着两个膝盖闭上了眼睛。过了一会儿，我看见了，他的眼角有微弱的光亮，那里坠着一颗浑浊的泪。我心里咯噔一下，疼得身体一抽，我知道刚才的一切翻阅都只不过是最后的幻想，结局已经注定。那一刻，这个生命显得无比卑贱而又无比倔强。

现在，让我们回到那个德国大使馆之夜吧。

作为活动主办方的员工，我的任务是拿着嘉宾名单在大门口核实和签到，大使馆也有一个工作人员和我一起负责他们邀请的嘉宾。晚上六点钟左右,我们就站在那儿跺着脚,等着嘉宾们。大使馆的安保人员得知会有五六十人参加之后,又增加了两个哨兵,他们站在入口处,就在我身边。我听见他们两个聊天,在谈论一个人考上了外交官。

你必须得自己拼搏啊,出身这么低,只能自己努力,人家就是太努力,每天背三百个单词。他们说。

人家为了让自己清醒,大冷天的在冰冻的河上学习,太努力了,没办法,出身低就得这样,所以人家考上了外交官。他们说。

咱啥时候也去考一下,说不定也能成为外交官呢。他们说。

我冲他俩笑了一下,他俩也笑了笑。

我听出来了,这也是一个卑微者的故事,不是,这至少是三个卑微者的故事。

或许,这也是几亿卑微者的故事吧。

几年前,我也写过一首和大海有关的诗——《只有大海不曾辜负风雨》:

火会背叛燃烧，水会逃离江河
老去之人，早已一次次用背影证明
构成爱的成分里，最多的是崇拜和厌弃

截至今日清晨，我所知道的一切事物
都生于轻微的遗憾，而死于永恒的残缺
只有大海，从不曾辜负它经历的风雨

我相信自己已经认出了内心的风暴，我激动如大海，只有大海不曾辜负它经历的风雨，我也一样不会辜负少年时所经历的卑微若贱的生活。我不会由此鼓吹一种励志性的想法，我只是想坦诚地回溯和描述这种精神状况，以期给自己一次以书写为形式的心理治疗。

卑微若贱，卑微也可若剑，刺向一切挡在前方的障碍甚至虚无。

故乡生死事

出生，交配，死亡。

就这样，就这样，就这样，

出生，交配，死亡。

——T.S.艾略特

引子

未知生，焉知死。

不知死，何以生。

怎么说都可以，都能讲出道理来，或者更多的第三种看法是：管那么多干吗，活着就好了，活着活着也就死了。但作为一个普通人，我们回避不了生死问题。细细一想，对于人的一生而言，生死这两个端点框定着所有我们试图追求的、执着的和可能获得的事物，不被二者过滤的生活是不存在的。生死之间，再伟大的哲学家，再普通的白领，再卑微的个人，跑的都是同一场马拉松。所有的陌生人，终将在终点碰面，从这个意义上来说，人人都是同路人。

于是我想在这个年纪写写故乡的生死事了。

我的老家，中国北方一个偏僻闭塞的乡村。这个小村子地处内蒙古北部，属于半农半牧区，这里的人种田，也放牧，因而杂糅着两种文化的特性。又因为它曾经较为荒凉，原始居民很少，后来加入了山东、河南来的逃荒者，它又交织着许多地方的风俗。相比于中国成千上万的村子来说，它太普通了，甚至无法去追溯曾经的历史，这儿没有出过任何名人，也没有发生过任何可以载入史册的大事，只是一个村庄。

我在这里出生、成长，几乎走过它的每一块田野，然后因为读书离开它。偶尔我还会回去，作为一个比过客更尴尬的旅人。从我的视角看，十几年过去了，它已然不是我记忆中的样子，但我始终觉得，这些变化并没有损伤它的内里。当然我的记忆也是不可靠的，可能随时会进行自我修正，我们也并不需要一个时时事事都记得清清楚楚的全方位录像机。记忆是我们从内心深处、从潜意识中讲给自己的故事，纪实和虚构难以区分，想象和拼接不可避免。

老家还在源源不断地为我提供古老的资源，让我去审视我所见的世界，和我所不见的世界。因此，我始终把这一处看作这个世界的逻辑起点，当成我认知任何事情的基本立场。比如说那里的生死问题，或者这么说吧，在那块土地上的人如何面对和经历出生与死亡，就是我这篇文章要写的内容。很难说这些故事具有怎样的代表性,但是它们无疑显示着一方水土和人们生活的真实,我尝试着从一个在场的远观者的视角,或许也借助一些后来所习得的理论或方法,来描述和解释这些事。

我把日常生活看作一场叙事,生死是开头和结尾。

那么,我们就先看看这里的死,死亡的死,再看看这里的生,生活的生,生育的生,生命的生。我知道世界上关于这两个问题的文字如江水之绵长,如细沙之不可数,但我不想跟它们成为比较;我会引用一些书本上的内容,目的不过是佐证或映照我们那儿的人与故事,因为我也不想写一篇有关生死的论文,我甚至不准备引起相同或类似的情感,所以它只能是"我们那儿"的故事。

1

我所经历的第一个死亡事件,是奶奶的去世。

那年我还在读小学,十岁,四年级。学校在离村子四里路的一片树林里。我和村里的孩子，每天吃完早饭，穿过村庄以及村庄与学校之间的一片草地去上学。有一天上学半路上，我被一个骑自行车的村人追上拦住，说："快回去吧，你奶奶要不行了，赶紧看一眼去。"我知道那段时间奶奶在生病，但没有想过她真的会死。自从我懂事起，奶奶似乎一直在生病，主要是哮喘，应该还有别的很多病痛，但是没有条件去检查，人们能判断的只有哮喘，因为奶奶总是呼哧呼哧地喘息，像家里那台木头打制的风箱。每次奶奶烧火拉动风箱，烟呛到她嗓子，她就和风箱一起呼哧呼哧地喘着。

我上学之前住在奶奶家里，跟她一起睡。几乎每天晚上，我都会被奶奶艰难的喘息声惊醒，她坐在黑屋的土炕上，使劲捶着自己的胸口，但是她的肺还是如此虚弱无力，没有办法把身体所需的足够的氧气吸进来。我那时怀疑她胸腔里有一张缀满灰尘的网，堵住进出的空气，并且冷冷地看着她难受。看见我醒了，奶奶总说睡吧，大孙子睡吧，奶奶不咳嗽了。她忍着，但这种艰难超过了疼痛，她忍不住，又咳嗽了，就会叹口气。我睡梦中，竟然觉得烦躁。此刻，我只能惭愧地谴责自己那时太小太迟钝了，我无法也无心去想象奶奶所经历的痛苦，困倦让我很快又睡着了。

然后有一天清晨，我刚从奶奶那里起床回到村北的家里吃早饭，又被喊回了前院。一进屋，村头的医生、父亲和几个叔叔、姑姑都在里面，一个个满脸焦急。奶奶躺卧在炕头上，一个输液瓶吊在一根洋钉子上，药液缓慢地往下滴着，通过一根针头输送进奶奶青紫色的血管里。我被父亲一通骂，才知道发生了什么。

原来奶奶被病痛折磨得太难受了，就偷偷吃了十几颗去痛片，以为自己能死，但是没有，因为常年吃去痛片，她的身体早已经对这种药物感受迟钝，它们只是让她胃部难受，头脑不适，并没有把她带到她想找的死神面前。父亲责怪我睡得沉，不晓得奶奶偷偷吃了药片，也责怪我一大早起床就跑回去，完全没在意奶奶还躺着没起来。我又惭愧又委屈，奶奶听了，转过头解释说不关我的事，她只是想死，不关任何人的事。

父亲问她，药片哪里来的？奶奶不讲，别人也都问，这么多药片哪里来的呢？你又没有钱去买。奶奶终于说，自己攒下的。大人们说，以后可不能这样了啊。

你这样，别人还以为我们对你不孝顺，让你受苦呢。

若干年后，我才会明白奶奶这句话里所包含的赴死的决心和所经受的痛苦。在老家，去痛片是治疗百病的"仙丹妙药"——它当然没有什么神奇的功能，只不过绝大多数病都会引起疼痛，而它能通过麻醉你的神经让你痛感减轻，以至于这里的每个老人（甚至每个成年人）的衣兜里都有一个小纸包，包着几片金贵的去痛片。奶奶的去痛片是定量的，每天一片，如果她攒下了二十片去痛片，就证明她二十天没有吃药，而这二十天的腰腿疼、心口疼、头疼等各种疼痛，就这么赤裸裸地累积着。我想，奶奶是真的想死了，不，应该说，奶奶这一次是真的不想活了。不想活，并不等于想死，只是结果是死而已。然而她没有死，只能继续活着，为了子女们。也许，奶奶并不是想死，她只是不想再承受活着的痛苦了。

这些小药片，开始转移到我的父母、叔叔婶子们的口袋里。村口的小药店，每一年都会进很多这种药，十块钱一包，一包一百片。对很多人来说，只有怀里揣着去痛片，日子才是值得过的，才敢出门，才有力气去田里劳作。

2

我坐那个村民的自行车后座回村,他蹬得很快,生怕我回去晚了看不见奶奶。我气喘吁吁地跑进了院子,父亲正等我,说快点快点,迅速拉着我到屋里。屋里很多人,都有一种特殊的表情,但并没有特别的悲伤,也没有哭泣。在将死的人面前,活着的人永远都是这样的无所适从。

我看见奶奶头冲炕里躺着,盖着厚厚的被子。那天阳光明亮,但屋子里却是昏暗的,因为家里的窗子没有玻璃,而是糊的已经快风化的塑料布,阳光奋力地想射进来,却被挡了回去。奶奶本来就极瘦的脸更瘦了,眼睛像两汪马上要干涸的浑水,睁一下闭很久。奶奶要死了,这个念头突然间从我脑海里升起,奶奶要死了。可是我仍然不知道死意味着什么。按着大人的指示,我握着奶奶的手,在她耳边说:"奶奶,奶奶,我来了,你看看我。"旁边的人们也在七嘴八舌地说，你不是念叨你大孙子么，你大孙子来了，快看两眼吧。哦，我似乎明白了一点，按照大人们的说法，所谓死，就是活着的人再也看不见她了，她也看不见活着的惦念的人了。所谓死，就是眼睛永远地闭上不再睁开了。原来死不是什么明确的事物，也不是彻底的消失，而只是我们不再相见，好像一个人去了远方而杳无音信，好像是永恒的别离。

这时候，弟弟还小，他不被允许来跟奶奶做最后的告别，孙子辈只有我一个人跪在她跟前。我握着她鸡爪样干枯的手，看着她，蓦然感觉到，这竟然是我第一次认认真真地看着奶奶。从出生就和她生活在一起，有几年形影不离朝夕相处，但我并没有好好地看过这个最亲近的人。在她临终的时刻，我才清楚地看见她的白发，她的老年斑，她的样子因为死而变得生动鲜活。然而奶奶似乎已没有了看我的欲望和力气，她艰难地喘着气。她这一生的呼吸，有大半生都是艰难的，胸腔里永远是嗤嗤的声音，似乎她所有经历过的自然界的风暴，都要从这小小的胸腔里呼啸而过。

她终于睁开了眼睛,看了看我,嘴角似乎微笑了一下,又抽动了一下(我记不得,但我必须想象她在微笑,她在轻轻喊我的名字)。

奶奶闭上了眼睛,我继续握着她的手。我已经感觉不到我握的是一只手,而是一缕烟,奶奶就是这即将熄灭的火的最后的烟。她的身体所留给我的温暖都哪儿去了呢?从我一出生起,奶奶就用她的手臂抱着我,用她的肩膀背着我,她的手我拉过近十年。奶奶的眼睛再也没有睁开,谁也留不住她了。我被大人带走,他们给她换上寿衣,开始准备操持奶奶的后事。

下午的时候,我又进了屋里,看见奶奶被放在屋子中央的地上,地上垫了门板,整个身体用那种印冥币的海纸盖着。我有种冲动,想去再次确认那个死去的人是奶奶,但我不能再掀开纸,也不能再去认真地看她的脸。从此以后,她所有的形象都只能在我的脑海里完成。

在老家,并不流行提前给自己准备寿材,有人去世了,家里人会召集村里的木匠,砍树,破木材,现做棺材。三叔家的院子里,从屋子里拉了一盏电灯出来,木匠们在昏黄的灯泡下，用钢锯截木材，用刨子刨木板，用钉子把它们固定。一群比我更小的孩子，捡了边角料的小块木头，假装是刀剑或枪，跑来跑去。所有人都在忙碌。父亲找村里的人商量着出殡的事，母亲跟着婶子姑姑筹备着出殡送葬和待客要吃的东西。

一天后，奶奶躺进了属于她的那口棺材——后来我一直好奇，棺材为什么要用口来标量呢，既不是个，也不是顶，更不是件，而是口，或许它就是一张大口，要把一个人的全部都吞掉。棺材停在院子里，父亲叔叔们整夜为奶奶守着灵。我总记得自己那天晚上就睡在奶奶的屋子，又觉得不可能，但许多场景如此清晰。我甚至记得，同在屋里睡的还有四叔和几个村里的小伙子，黑暗中，他们商量着明天一大早去坟地打坟坑。一个小伙子说，镐头得带够，早晨四点去，在太阳出来前打好。另一个还说起有一年冬天，他们帮另一个人打坟坑的事情，说天太冷了，地冻得铁一样硬，他们三拨人才打好坟坑。然后有人说睡觉，就睡觉，全世界就在黑暗里了。

死亡作为一个人的生命终点，就这样被分解成若干事情，然后它们再分解成更小的事情，甚至成为一些表情和动作，慢慢地消弭了死本身。

第二天送别奶奶，情形跟大部分地方的风俗都相似，村里人抬着棺材往后山的坟地上走，但很快就有人压得肩膀痛，受不住了，只好换人，走了几十步又是如此。执事的人就对奶奶说，刘家老太太，知道你不愿意走，舍不得孙男娣女，但是天不早了，咱们得早点把你送回去啊。一番话语过后，棺材似乎就变轻了。在送葬的队伍里，小姑哭得最伤心，几乎晕倒。当时我并不理解，后来明白了：因为姑姑是小女儿，从小跟奶奶亲近，而奶奶死的时候，她没能出嫁，感觉到失去了依靠。小姑哭着喊："妈啊，我以后就再也见不到你了。"姑姑所难过的，也并非"死"，一样是再也不能相见了。

我开始确信，在中国的观念里，死是离去，是不再回来。死在一定程度上被转换为另一个概念——"分离"，所谓天人永隔，所谓生离死别。是的，我们确实再也没有相见过，但我并未感到奶奶消失了。她只是在远方，我们不通音讯，却能感知。

3

奶奶的死,我全程经历了,也为她披麻戴孝,尽了一点子孙的义务。而爷爷去世时,我却连消息都不知道。那时我在读高三,家里出于各种原因,没通知我,也没法通知我,高中在离家近两百里的地方,那时也没有电话,除非有人专门坐车去镇上捎口信。口信的抵达是漫长的,但爷爷不可能等着我,他先走了。

我寒假回家,吃饭时发现只剩下父母弟弟和我,少了爷爷,才知道他已经去世。我有些恍惚,心里有些堵,是说不上来的一种感觉。我和爷爷没有跟奶奶那样亲近,他年纪大之后患脑中风,一条腿走路不灵便,拄了拐杖。经历过奶奶的去世之后,得知爷爷离开的消息,我并没有太多的悲痛,我已经知道了,人老了之后,是要死的。我只是感到他们仿佛去了一个很远的地方,不会再同我们一起吃饭睡觉,有点像去一个什么亲戚家里串一趟没有归期的门。父亲和叔叔们把爷爷奶奶合了坟，两个老人终于在另一个世界见面了。

　　弟弟后来告诉了我爷爷离开的大致情形。那是一个极冷的冬天，爷爷咽了气。出殡前，四爷爷带着弟弟去村里有壮劳力的人家，请人帮忙去抬棺材。到一家大门口，戴着孝的弟弟先要跪下磕头，到屋里再磕头，四爷爷说："文泽他爷爷没了，明天出殡，帮忙去抬抬杠。"天冷，活累，妇女们又都觉得晦气，脸色并不好看，男人们经惯了这事，说行，没啥别的事就过去。弟弟就这样一家挨一家地磕过去，而这，本该是我这个长孙的责任。我不知道奶奶去世时，为何自己没有经历这些。

　　爷爷躺在棺材里被村人抬出村的时候，我在做什么呢？在两百里地之外做习题还是背课文？很惭愧，我对他的去世毫无感应，也可能有，但被我忽略了。这之后，我再没有经历家族人的死亡，二爷爷二奶奶、三爷爷三奶奶、四爷爷四奶奶，他们的离开，都只是一个从老家打来北京的电话。对我来说，他们死于这通短暂的电话。老人们就这样一个一个离开，变成了后面山梁上的土包包。我只是知道，他们都被埋到了一块儿，那片坟地蔓衍成了一个地下的家族。

　　春节前，我和弟弟骑着摩托车去给他们上坟。山路颠簸弯曲，摩托车冒着黑烟，把我们送到北面荒山上。看见缓坡下那一片土包，心里突然感到一种笃定：这是爷爷和奶奶，这是太爷爷和太奶奶……这块满是石块和荒草的地方，竟如同一个奇异的家园。他们确实是离开，而不是消失，这些泥土就是证明。

　　这块土地对族人的重要性，不仅仅是因为埋着祖先，而是对于生活在村里的子孙来说，他们将来一样要埋在这里。所以父亲、叔叔们每次走过此处，都似乎走进了一个大宅院，哪个房间将来住着哪家人，冥冥之中若有定数。我想起阎连科的小说《日光流年》里的故事，在河南耙耧山脉有一个特殊的村子，这里的人都活不过四十岁，所以一到三十几岁的时候，他们知道自己要死了，就会到坟地上去给自己找一块地方，等着死后埋进去。这像是另一个世界的宅基地。在小说里，那个即将死去的司马蓝同他的五弟司马鹿、六弟司马虎，用绳子在司马家坟地丈量着，想从拥挤的坟地给自己的将来挤出一块地方：

左拉右排,在地上用木棍计算,拿白石灰在地里划了几条白线,硬生生地挤不出他们弟兄二个的三房墓室来。

这是一面阳坡。坟墓从坡顶鹅卵石样朝着坡尾漫流,一浪一浪,依着辈分的秩序错落开来,最上的孤稀,是司马姓无可考的先祖,依次下来,坟墓成倍地增长,分别是他们从未谋面的曾祖爷、祖爷、爷爷和把他们养到少年的门里门外,便辉煌死去的父亲司马笑笑了。在父亲的左下,是他们活到十四、十三和十二岁同一天死去的大哥司马森、二哥司马林、三哥司马木。三位哥哥没有一个将个头长到三尺八寸高,可他们的坟地每一个都如成人一样占了半间房的地。现在轮到他们的弟弟来规划自己的墓室了,才叮当一下,猛地发现,这上宽下窄的坟地,无论如何难以容纳他们三个入土为安了。都怔怔地立在森、林、木的坟墓边,天长地久地默着不语,盯着脚下埋不了他们的墓地,如盯着忽然破土动工才发现盖不了房屋的狭小宅院,彼此望了一眼,叹下一口长气,六弟司马虎便由西向东,依次向森、林、木的三个墓地咬牙踢了三脚，对四哥司马蓝说，他娘的，大哥二哥三哥占大便宜了，儒瓜比我们的墓地还大。

司马蓝不说话，和五弟司马鹿又拿起绳子在空地上拉排几遍，掐指算算，人死必有的七尺墓穴，森、林、木却占去了二丈五尺的宽敞，余下一丈八尺七寸，加上坟与坟间必有的尺五隔墙，还缺六尺地皮。再往前去，已是杜姓的坟地，下面是立陡的崖沟，不消说他们的三个墓穴是被逼得不够了。只好在这丈八的地上凑合出了三个白灰坟框。司马蓝站在靠西的一个坟框里，说这是我的去处。指着中间一个，说老五，这是你的家，又指着靠东和杜家坟地相邻的一个，说，老六，那是你的家了。司马蓝这么指说分划着坟地，像给村人指划分说几堆不值钱的豆秸、柴草或者红薯秧子。坟框在近午的日色里，闪着打眼的白光。弟兄三人立在各自狭小的坟框中，如同挤在相邻一排狭小的房里，惆怅着各自死后坟墓的狭隘，感到了坟框的白线如勒在脖子的绳索一样。

我们那儿荒山很多，要找埋葬的地方多的是，但人们更想埋在自己家族的坟地里，因为那里被看作另一个世界的家。但即便是在我老家这种并没有多久远家族传统的地方，也并不是所有人都能埋进祖坟。我有一个舅爷，是奶奶的小弟，很早些年就来到村里，跟着奶奶，后来自己过，打了一辈子光棍，放羊和打工为生。他死后，只能埋到另一处山梁上，因为他不是刘家的人，永远无法进入这个地下家族秩序。活着的时候，他是家里的一员，可死去之后他却成了孤魂野鬼。家族的人每年去上坟，总会记得给他烧一点纸钱过去。我回家少，回去的时候也常常赶不上祭祀的时节，因此没有去看过舅爷。我对他的纪念，只能是写了一篇叫《舅爷》的小文章。

4

在老家，最被称道的死亡是无疾而终，也叫老死。

就是老人到了七八十岁，身体没有什么大毛病，正常吃饭睡觉，但第二天天一亮，家人却发现他已经离开了。能够老死，是一个人的福分。人们之所以看重这样的离世，是因为对他们来说，死固然是悲剧，但活着却承受超常的痛苦，更难受，如果可以如此安详地离开，无疑是最好的事。我的一个姑奶奶，就是这样离去的，很多老人谈起来，都羡慕她。他们都想像她那样死。

人一旦老了，许多事情就由不得自己，他们成了一场赌局的筹码，输赢全由命运和子女来定。村里的一个姓孙的人家，有三个儿子，但没有人愿意让老头住在自己家里，就在场院盖了两间小房子，老头独自住在那儿。有时候，他们会去给他送饭，有时候竟然也就忘掉了。

有一年冬天，天奇冷，而且暴雪，路都几乎不通。老人的孙子过去看他，发现老头已经冻死在小屋里，炉灶里有不多的灰烬，而屋子里还有并没有填进去的柴火。没人知道，他究竟是无力再去添火，还是根本就不想再往炉子里加柴，自己选择了冰冻而死。他死了，按习俗哭哭喊喊抬出去埋掉，因为对自己不孝的不安，他的儿子们在送葬的队伍里哭得极其大声，生怕村里人不晓得他们的悲痛。

但是已然没有用了，这些人在村民的心里被永远地钉在不孝的耻辱柱上。表面上看，他们的相处没有任何变化，但在大多数人的心里，已经无法对他们有由衷的认同，一旦把他们看作冷漠者，再交往时任何事情都会小心谨慎。

另一个村里人，是我家东边的邻居，他是自己把自己饿死的。他常年在蒙古族聚居区打工，会说蒙语，会唱蒙古歌，善于驯服烈马，当然也沉迷于烈酒。某年冬天，他喝醉了酒赶着车，结果不知为何倒在了车前，受惊的牲口拉着车从他的身体上碾压了过去，车轮压坏了他的脊椎，他彻底瘫痪了。

据说——只能是据说，因为他的家人忌讳谈论他最后的死，但人们似乎都知道这个秘密。在医院里待了一段时间之后，他的妻子把他接回了家。可他不愿意住在屋子里，因为不愿意被串门的人看见自己的惨状，就一个人住在仓房里。他的女儿去给他送饭，却被他打了出来，他不想再活下去，或者说，他想死了。一开始，他的妻女还不停地劝说，试图让他就这么活着，但毫无效果，很快她们也失去了耐心。就这样，他几天后遂了心愿，死掉了。

对于他的选择和他家人的默认，大多村人表示理解。

他们不会责怪他的家里人没有坚持，反而觉得这个人活得挺有主见。所谓好死不如赖活着这样的话，并非在所有人那里都有效，对于很多人来说，如果精神无法承受身体带来的痛苦，死成了更好的选择。因为在一定程度上，他们相信有来世，以为自己在这一生受了苦、遭了罪，将来必能换来好过的另一重人生。这曾经被当作愚昧，但果然是这样吗？对于底层的百姓来说，生活是以另一套逻辑在运行的，这套逻辑中也包括对死亡的特殊理解。

即便没有来世，活着对他们而言，也并没有更多乐趣可言。年深日久的劳作，年深日久的身体病痛，年深日久的穷困和无望，都让生这件事变得不那么吸引人。活着，那就活，活不下去，那就不活。这既不是消极，也不是达观，只是一种极端的随遇而安。

5

好吧，我必然要写到另一种死亡，它被叫作自杀。

在乡村，自杀是一种很常见的死亡方式，每一年都有人以这种方式离开世界。有关自杀研究的社会学和心理学著作非常之多，比如涂尔干、布瓦赫、施耐德曼等，我这篇文章完全无意于从理论或学术的角度来讨论自杀行为，我更希望从乡村生活和个体经验的角度去分析它的存在与发生。

自杀者并不限于某个年龄层，或某个阶段。我一个亲戚家里，有一个小表弟，是一个小胖子，总是笑呵呵的，他是我所知道的最亲近的自杀的人。读初中的时候，他因为一些事被学校冤枉，回到家里父母又批评，一时冲动，竟然找到农药喝掉，抢救无效，死了。在几十年前，青少年的自杀行为并不是偶发，几乎每隔几年都会听闻某村有这样的事。当然，现在我们也能从网上看到很多孩子因为家庭、教育、感情等问题放弃生命，大部分的议论都指向外在的应试教育、同学矛盾、家庭困境，等等。我想，还有必要从另外一个角度对这件事反思，那就是对于这些年轻的生命而言，死到底意味着什么，他们为何要选择这种极端的方式。这里面的特殊一类是抑郁症，但有很大部分青少年自杀，并不是因为抑郁症，而是因为他们把死亡当作了解决问题的终极方案，一了百了。

问题的关键在于，这种选择在一定的实际意义上是有效的，他们的确通过这种方式彻底解决了所有困难。从这里再出发，我们需要思考的就是为何死被当成的终极解决方案，是否有可替代的方案，如何改变青少年的死亡观念，等等。

村里有一个姓李的年轻人，成年后娶妻，生了两个孩子，夫妻俩的关系一直很好，属于农村里最常见的那种夫妻，会吵吵闹闹，但没有根本性的矛盾。但就是这个妻子，却在某年大年三十喝农药自杀了。大年三十，在一般的人的观念里，不仅仅是全家团圆的时刻，而且是会不由自主进入一种平和状态的时刻，平常可能引起争吵和打架的一些小事，在这个特殊的时间都会受到限制。但是，虽然吉庆时分有对矛盾的消弭功能，在另一方面却可能是激化功能。这个妻子的自杀，是因为被丈夫批评年三十的午饭做得不好，在平时，饭菜做得差也并不是多么大的事，但这件事恰恰发生在年三十，分量就不一样了。

对于这个女人来说，厨艺不精本身当然是一种心理压力，特殊时刻被指责，加剧了这种压力。因此，她跟丈夫吵了起来，争吵之中他们提到了死。丈夫大概说了"你有能耐你就去死"这类的话，之后自己气冲冲跑了出去。妻子越想越难过，找了农药喝了下去，很快发作。两个孩子哭喊着去找到父亲，他大惊失色，找村头的大夫来给妻子洗胃，但已晚了，女人很快在挣扎中死掉了。一个生命消逝了，几个家庭破裂了。

前面提到的邻居，虽然是自己绝食而亡，但在一定程度上，却不被认为是自杀。这其中有着微妙的差别，正如想死和不想活并不一样。自杀应该被当作一种具有指向性的行为来看待，但这类绝食却是对生命的放弃，这个人所要达成的仍然是身体的自然死亡，而不是以喝农药、上吊、跳楼等特殊的自我戕害的方式死亡。

一般情况下，自杀所表达的是对命运的极端反抗，但在乡下，一个人选择去死的原因和情形是更为复杂的。这方面已经有了非常优秀的著作来谈，比如学者吴飞的《浮生取义——对华北某县自杀现象的文化解读》，这部书有着非常扎实的田野调查和细致深入的文化分析。我在写这篇文章的时候，克制着自己不去过多地对照和参考这部书，但其中的一个例子帮我打开了视野。

这个案例是说，一个三十岁左右的农妇喝了乐果农药，当被询问为什么要喝农药时，她的回答是出乎意料的。她说："我喝药是因为听到一个声音，叫我喝药，我就喝了几口乐果。"又问这个声音是谁。她说："好像是家里去世的老人的声音。"随后作者知道这个女子曾加入过香门（一种民间的宗教团体），这个声音是和她加入香门同时出现的。作者由此分析到，这个农妇喝农药可能是参加香门之后的宗教体验，或者用心理学的术语说就是精神分裂症的一种幻听，并进一步探究她加入香门的动机是在家庭关系中的委屈，这其中还包含着婆家和娘家的悖反式的角力。[1]

我想由此可以展开的思考是，所谓幻听的出现和重复出现的背后，隐藏的其实仍然是乡村社会对于死的特殊观念的应用。比如家庭中的争吵，人们经常会用到死字，会咒骂对方去死甚至不得好死，甚至会更具体地说，你怎么不去上吊呢？你怎么不喝农药死了呢？这些争吵催生和强化了死亡作为一种极端选择的优先性。

---

[1] 参见吴飞：《浮生取义——对华北某县自杀现象的文化解读》，11页，中国人民大学出版社，2009年版。

作为生活叙事的一部分,死亡对他们来说并非突然的冲动,而是草蛇灰线一般潜伏在日常的每一个黄昏、清晨,在田间地头或堂屋,在茶余或饭后。这种语言的潜移默化,年深日久导致的是两种可能,其一是让死亡成为一种受委屈之后的优先选择,其二则是由此淡化了死亡的恐怖性,也就是把死亡日常化了。这两种可能性都让自杀者在选择去死时,忽略了它终结自我生命的本质,而突出了它的反抗和符号意义。因此,死这一行为不只是生命的终结,还是逻辑、伦理、日常生活的终结。在中国古代,有死谏一说,即大臣们为了让帝王接受自己的建议或要求,用死的方式来逼迫。这是很特殊的一种传统,其逻辑是,死亡能增加所要求之事的合法性和正义性,意思是我可以用死来证明我说的是对的。"在中国,人们自杀不是因为厌倦生活,也不是因为想从耻辱或悲伤中解脱的怯懦想法,而是因为不可遏制的愤怒,或者他知道他的死会陷对手于不义。"[1]

---

[1] Dugald Christie 语,转引自海青:《自杀时代的来临?——二十世纪早期中国知识群体的激烈行为和价值选择》,293 页,中国人民大学出版社,2010 年版。

上面几个故事里的主人公，遵从的都是这一逻辑的变体，当两个人争吵或发生矛盾，一方无法在日常的秩序里战胜另一方，有时就会选择死，把死作为终极武器。比如那个年三十自杀的妻子，她的死亡动机包含很强烈的惩罚性，你不是让我死吗，那我就死，我看你怎么办。她试图借助自己的生命代价，把对方置于一种伦理和逻辑的绝境，当一方选择死亡时，另一方就算有天大的道理也无用了。

6

如果我们把所有的生活都看作一种叙事，死在这个叙事体系里的作用就是终结日常叙事。或者说，不管是意外的还是自然，死亡总是能让日常生活戛然而止，这有点像电影院里的片尾字幕。每当电影放完，片尾的字幕出现时，作为叙事的电影故事已经终结，死亡在一个人的生命过程中扮演着同样的角色。

但对继续活着的人来说，死亡却是一段新的叙事的开始，这就涉及人们对于亲人离世的接受问题。人类文明的很大一部分，都是建立在对这一问题的回答和处理基础上的，比如哲学，比如宗教，等等。即便在最普通的社会生活里，这也是每个人早晚必须面对的现实。

数年前，我曾听一个人说，母亲去世后的几年里，她一直无法接受这件事，总是感觉到母亲并没有死，但是她知道她死了，于是便经常极度伤心，号啕大哭。对于死去的那个人来说，死亡只是一个不可逆的事件，但对于她的女儿来说，却成了一个不断重复的事件，她无数次地重新经历母亲的死亡过程。在幻想中，她试图以各种方式来让母亲起死回生，她成功了，但一旦从幻想中醒来，母亲就必须再次死去。

这让她绝望，她既无法承受重复的悲痛，更无法想象自己的亲人必须不断死去的可怕。那次谈话里，我曾试图问她为什么会这样。她的回答是，她的恐惧在于不知道母亲死后会怎么样，她觉得死后的世界太阴暗了，母亲一定在受苦。我们随后讨论到，中国的死亡观和西方是不一样的。西方因为宗教的原因，会认为死去的人升到了比人间更美好的天堂，而中国民间的认知却是，人死之后去了阴曹地府，统治那里的是阎罗王牛头马面这种鬼怪，这显然不是一个好地方。因此，很多人对死亡的恐惧不是死本身，而是对死后世界的恐惧。她随后说确实是这样，当这种痛苦折磨了她几年之后，她有一次偶然接触到一个教徒，那个人告诉她，她的母亲一生行善，死后一定会去天堂而不是地狱，并给她描述天堂是什么样的地方。渐渐地，她不再那么焦虑，强迫自己去接受这种想法。她不信教，但相信教徒所说的好人上天堂。几年后，她已经笃信，母亲是在另一个更美好的地方安度晚年，以至于现在能够坦然地谈论这件事了。

当然这种东西方对比是相对的，也是笼统的，人们对死亡特别是亲人的死，和整个生命都有关系。只是中国的文学作品里面，对死亡的叙述多倾向于怀念和悲痛，较少有西方学者对这件事本身的哲学或符号学的那种探究。我曾经策划过一本书，是大学者罗兰·巴尔特的一本日记，叫《哀痛日记》。1977 年 10 月 25 日，罗兰·巴尔特的母亲在经历了半年的疾病折磨之后辞世。母亲的故去，使罗兰·巴尔特陷入了极度悲痛。他从母亲去世后的第二天就开始写日记，一共写了两年左右。成书的有330块纸片，每一段都很短小，且沉痛，他用一种碎片化的方式记录下了他的哀痛经历、伴随着哀痛而起的对母亲的思念，以及他对哀痛这种情感的哲学思考。对巴尔特来说，哀悼这种行为，本质上也就是对"死亡"这个问题的驯化，或者说是把一个他者的死亡事件，内化到自我的精神秩序之中。他说："在哀悼中也就存在一种激进的、全新的对死亡的'驯化'；因为先前，它只是一种借来的知识（来自他者，来自哲学），但现在它是我的知识了。它几乎不能给我带来比我的哀悼更多的伤害。（1978年5月1日）"[1]

巴尔特驯化死亡的方式是通过叙事来实现的，但叙事本身又在不断强调母亲的死亡，他在转义的同时带着强烈的试图唤醒母亲的幻念。他的这种简短的叙述，排除了文体的制约，集中表现人类情感在极端情况下的反应。大概在稍后一点时间，我策划的另一本有关保罗·策兰和英格堡·巴赫曼的通信集中有一首策兰的名

---

[1] 罗兰·巴尔特著《哀痛日记》，怀宇译，中国人民大学出版社，2012年版。

作，叫《死亡赋格》，则向我展示了另一种有关死亡的诗学回答。策兰的死亡之诗背后，有着一整个西方现代文明的背景，特别是奥斯维辛及其对人类界限的突破。

巴尔特要把死亡叙事化，策兰试图用诗来为死亡赋形，或者说为一代人所承受的历史罪恶赋形，他们的做法在文学上都是成功的，但在生活层面，这种努力并不能帮助他们抵御死亡或死亡的本能。他们后来的命运，证明了这一点。1970年4月20日左右，策兰从巴黎塞纳河上的米拉波桥投河自尽。策兰用自己的生命，完成了他对于死亡的真正赋格。1980年2月25日，罗兰·巴尔特在法兰西学院外被一辆疾驰的卡车撞倒，后送去医院疗养，本以为无大碍，但一周后情况却急转直下：他已经无法说话，身上插满了管子，到了死亡的边缘。他的好友、符号学家克里斯蒂娃回忆当时的情景说："他向我做了一个要求放弃和永别的动作，意思是说：不要挽留我，已经没有什么用了……好像活着已经令他厌倦。"巴尔特有关死亡的哀痛，终于也变成了他自身的一种选择。

写到策兰和巴尔特，并不是要把"我们那儿的死亡问题"引向文学或者哲学的思考中,而是想借此展示不同的人如何面对和理解这个论题。策兰与巴尔特和我老家的普通人一样,都需要面对死亡这个事件。我个人并不认为哲学家或诗人艺术家的态度,在这个问题上更具有普适性,或者说,我认为在处理这种相似的人类经验时,一个底层的农村人和一个知识分子之间是没有本质差别的,条条大路通罗马,而且没有大路小路的区别。我以为,民间的很多观念和行为方式,同巴尔特或策兰的是类似的。

那么,在我们那儿,他们都如何面对亲人的死亡呢?就我所观察到的情况,人们会为某个人的死找到必要的理由,比如他做过错事,他年纪足够老了,他小时候就有过不祥的征兆,等等。他们会不断重述死者活着时候的趣事,他们让死者所使用的日常生活物品继续发挥作用,或者说,他们善于把死拉回生活叙事之中,让这个生命叙事的终结者成为生活叙事逻辑链条上的一环,这样它就失去了全部的负面威慑力,和吃饭、种田、睡觉没有了区别。再有就是,他们把死者的故事,集中投射与他留存的某件事物上,一个烟斗,一棵树,一把锄头,他们在生活中通过对这些事物的触摸和讲述,让死者重新回到人间。如果非要学术一点说,他们把死亡符号化了,只不过这些符号是日常的、生活的,而不是哲学的、文学的。

对他们来说,最难以抵抗的并不是死亡,而是遗忘——对他们和死者之间发生过的故事细节的遗忘,也正是因为如此,人们才那么迫切而谨慎地为逝去的人选择遗像。遗像并非死者最好看的照片,而是对生者而言最能代表死者在他心中形象的照片,他凝固的表情就是人们大脑记忆贮存的核心符号。我记得有好几个亲戚,都不无难过地跟我提到过,他们记不清自己去世多年的亲人的样子了,为此他们努力去回想,即便想起什么,也难以确证。甚至在这样一个影像化如此普遍的时代,我们随时可以找到人们的各种照片的时代,你忽然间看见某个逝去的人,还是会心里一惊:"哦,原来他(她)长这个样子,原来这就是他(她)。"当故去的人在记忆中变得形象模糊,无法确切地被回想起来,我们就会感到恐慌,既恐慌于死者由此开始真正从我们的世界中消失,更恐慌于我们和死者间经历的一切也随之消失。好吧，我想说的就是，死去的并非只是一个外在于我们的他者，还是我们自身的一部分。

7

事实上，不管用什么样的形式、怎样明亮的语调来谈，死始终是一个沉重的话题。我要暂时结束这个话题了，现在我们终于要写到生了，生活的生，生育的生，生命的生。好在有生，才让死变得不那么独断专行，因为生生不息，因为方死方生，因为生死轮回。

而作为生活的生，更多的时候被叫作活着。活着，真是一个纯粹的中国词语，关于普通人的所有生命含义，都可以浓缩在这两个字里。活下去，永远是我们的根本诉求。但我这里无意把这个词语的全部维度都展开，我只想从其中截取和生育有关的故事来写。

要说生育，得先说婚姻，说一个男人和一个女人因缘际会地结合，然后创造生命，然后十月怀胎，然后呱呱坠地，然后养大成人，然后再让他（她）娶妻或嫁人，重复千百世来祖先们的逻辑。婚姻在这个链条里十分重要，它把陌生人变成血肉相连，把个体演变成家庭，把少男少女变得成熟，更重要的是，它稳定地创造不断延续的生命。

早些年，人们喜欢多生孩子，特别是男孩子，觉得家里男劳力越多越好。但很多家庭面临着一个实际的困难，那就是给他们娶媳妇，组建一个新的家庭，好让这个家族稳定地延续下去。在我们那儿，二十年前还是媒妁之言，但不叫媒妁，叫介绍人。人们从来没想到，有一天这种事会上电视，会变成一个被人追看的电视节目。

我依稀记得，三叔到了适婚的年纪，爷爷就开始张罗着找人给他介绍对象。找的人当然是熟人，他们会从自己的记忆里提取某个村子的某个姑娘的名字，说某某年纪相当，似乎不错。这边就稍有判断，然后觉得可以，就托人去打听，等等，这是套多年来行之有效的流程。两个人就这样订婚，然后结婚，然后生孩子，然后大部分都过了一辈子，再给自己的儿女操持婚姻。这是一个从遥远向遥远不断延伸的重复的链条。

只是，有时候这个链条断裂了，比如我前面提到的舅爷，就一辈子没有成亲，一个人生活了五十多年。有一段时间，他离开村子去打工，然而也并没有赚到什么钱，又回到村里干老本行，做羊倌。他死去的十年后，我在有关故乡的《舅爷》里写到他，想起他一生都是孤苦，不禁感到悲伤。于是，在那篇文章里，我凭借一个写作者的天赋权力，假设他打工的岁月里曾和一个女人有过感情，曾被一个女人温暖过，虽然最终的结局还是孤零零回到山里，但有过爱情的生命毕竟不同了。

他自年轻时离开父母跟着姐姐到内蒙古后，便再也没有回过去，死后也葬在异乡，没有后人。等父亲那一辈人老去之后，我这一代人大部分都不住在乡下了，再到年节回去，已经未必能找到他的坟头，也就不可能给他烧一刀海纸了。他就这样孤零零地永远埋在山野之下，直到将来某一年因为种种原因，被人挖出来，只剩几根白骨，谁会在乎他是谁，来自哪儿，是不是结过婚呢？所以，假设他曾有过女人，甚至假设他在远方留下过私生子，成了我代替这世界对他人生所能做的唯一补偿。我多么希望这些并不是假设。

我们总能从各种新闻上看到，在很多地方，婚姻正在变成一桩交易，各种形式的彩礼钱，不停地往上涨，甚至达到了"论斤卖"的地步。家家为此苦恼，家家却又维持着这个习俗，乡村社会就是遵循这样的逻辑，别人家如何操持婚事，你就必须如何操持。每次看到类似的事情，我都十分感念妻子和她的家人。

我愿意分享一下我们乡村婚礼的一些小细节，因为它反映了我们那儿的一些民俗，而这些民俗在我看来是很值得注意的。二〇〇九年我们结婚时，我在北京还什么都没有，也出不起常规的彩礼钱。我们领了结婚证，然后去老家办了几桌酒席，因为是暑假，她家里正是农忙时节，而两家相隔山岳，她的亲朋好友甚至都没有办法来人参加婚礼。她只身一人，完成了人生大事。

因为不能从娘家把她接回去，但要完成必要的迎亲接亲的程序，我和妻子前一天晚上住到了镇子的宾馆里。那天黄昏，我们走在夕阳下的北方小镇街道上，讨论着晚饭吃什么，像两个流浪的人。记不清最后是因为什么原因，那天的晚餐只有两盒泡面。我们身上的衣服，是从北京回老家前在新街口的一家小店买的。就连婚纱，也是在小镇路上碰见一个小店，临时起意买的。那天晚上天气炎热，而宾馆的空调并不好用，电视也只有几个难看的频道，我们只好把时间花在打凶狠的蚊子上。

第二天一大早，我们在一个理发店给她化了淡妆，做了下头发，坐表弟的车回到家。她相当于从异乡嫁到了异乡。然后是一整套老家的婚礼习俗，简单，也不乏热闹。刚坐到屋子里时，按规矩，也是因为没有吃早饭，母亲和婶子们给我们端两碗刚煮好的饺子。这种饺子包得很小，被叫作"子孙饺子"，一个个挤在碗里。我们饿了，一口一个地吃着。这时候，窗外四叔家的小弟高声问，嫂子，生吗？妻子没听明白，说，什么？他又问，生不生？妻子还是不懂。旁边有人笑说，是问你饺子生不生。妻子说不生啊，挺好吃的。众人开始哈哈大笑，人们教导妻子说，不能说不生，要说生。我们才恍然大悟，其实这个问题是在问女人要不要生小孩，你若回答生，他们便会接着问生男孩还是生女孩。母亲也笑，说饺子煮得很熟，一点都不生，这要是前些年，端上来的饺子得是生的。我和妻子不得不庆幸。

中午照例是请村里人和亲朋好友吃酒席。通常的情况,都是在院子里垒锅垒灶,在自家的屋子和邻居屋子里摆桌摆椅,吃酒席的人按照安排一轮一轮地吃。因为我们结婚时正是夏时,村里人田地里活都比较多,没办法请人来帮忙,便在村子东边的小饭店办简单的酒席。

我们挨桌给客人们敬酒,自己并不需要喝,因此没有醉,但很疲乏。午后休息了一会儿,太阳不那么热的时候,我们带着一群弟弟妹妹和侄子侄女越过院墙,到后面的田野上照相。那时候油菜花开着,荞麦花开着,玉米长到了一人高,而大豆已经结了小荚。山野上,各种野草和小花都随风摇动。我们沿着小路往北走。北面的大山被即将落下去的太阳投上阴影,显得沉稳而深刻。因为西山的原因,田野的一半也被阴影笼罩了。那时候真是乡村最美的时候,白天的温热快散尽了,你能感受到的是一种熨帖的温暖。那天下午的田野,是我在整个婚礼中感受到的最美好的场景。

夜晚的时候,也有一个玩闹的环节,热闹,却并不夸张。会有人找八个盘子,四个里面放上花生瓜子糖等，另四个盘子盖在上面，但上面的盘子外边的每一处都被抹了猪油，很难用手拿下来，滑滑腻腻的。盘子里装的东西被编成了类似于字谜的谜语，让我们猜，好在这种形式对我们来说并不难，很容易猜，只是用手去揭抹了猪油的盘子很难。他们要的就是为难结婚的人。

而我小时候老家的婚礼，禁忌要更多一些，比如新娘子进院子的时候，属虎的人得回避，否则不吉利。但印象最深刻的，是当年三叔和三婶结婚的事。三婶老家离我们村二十多里路，而且是山路，只能赶着马车去。接亲的人早晨出发，吃过中饭从那边往回赶，到家时太阳已经落山了。新房里，几个奶奶们在铺新被褥，再给窗户糊了一层新的报纸。被褥的四角和窗户纸里，都藏了糖块，或者几毛钱。新人坐到炕上之后，小孩子们就可以冲上去翻抢这些糖和钱了。很多环节都是为孩子准备的，表面是因为它的游戏性，但内里仍然是中国人对于生育繁盛的向往，潜意识里认为这些凑热闹的孩子能为主家带来更多子孙。因此，这些婚俗除了热闹和喜庆之外，都隐含着对生育的期盼和赞美。

8

在刚刚编完的一个稿子里得知,西藏阿里的一些地方曾经流行过走婚制度。这种制度是这样的:青年男女自由恋爱结合,男子通常到女子的闺房幽会,直到女子怀孕,他们便不再来往。等女子把孩子生下之后,男子再请人去女子家提亲。这里面非常值得注意的一点是,必须等孩子降生才能提亲和正式结婚,生育成了婚姻的先决条件之一。这当然是极少数地区因为各种原因而形成的婚姻制度,在大部分地区,生育还是作为婚姻的结果而出现的。

生育在农村的重要性不言而喻,对农民来说,延续自己的生命就是活着的根本诉求,即便这个生命存活下来,是和他一样受苦。除了最常见的所谓养儿为防老的观念之外,多子多孙多福寿,既有现实的经济考虑,更多的孩子意味着更多的劳动力,但也有家族文化上的考量，人们对照着自然界的生物，会觉得子孙多证明自己和家族的生命力强。这种观念一直潜伏在我们的基因之中。

八十年代，计划生育政策管得很严，超生罚款能罚得人倾家荡产，也有村民的牛被拉走，房子被封掉，但是还要生。我所出生的地区，有些门路的人家，就到派出所把自己的户口改成蒙古族，得少数民族政策的便利，可以多生一个孩子，以至于造成了许多亲生兄弟姐妹，不是同一个民族的怪状。当然，也有怀孕的妇女被管计划生育的人捉到，送到乡卫生院去堕胎，但这种情况极少。大多数是把孩子生下来，面对当时是天文数字的罚款，那时的计生干部，从本质上也更愿意收缴罚款，而不是强制堕胎。现在想来，真是荒谬，这完全是用钱买命的逻辑，只要交得起罚款，随便你生多少。

越是穷的人家，生育的欲望却越强烈，特别是那些重男轻女思想严重的家庭。但有时候，一家如果生了三个女孩，生儿子似乎不再是他们一家的事，而成了全村的事。人们总是在议论他们为什么没有生男孩，这些街谈巷议慢慢演化成压力，和固有的封建观念一起"逼迫"

着他们继续去生孩子。以至于到后来，生一个男孩不再是单纯的传宗接代问题，还成了一个证明自己家族有能力延续下去的问题。

这种生育的压力，催生了一些极端的行为或有关极端行为的谣言。在我读大学之前，就不止一次听过这样的传言：说某些人因为不能生儿子，竟然残忍地割了别的小男孩的生殖器去做药引子。我们村附近并没有谁家孩子被戕害，但每隔几年，总会有这样的传言被"言之凿凿"地传播，只是无人能说得清到底是哪个地方发生了这样的事情。

后来我一直好奇，人们热衷于传播这种言论，除了想警示小孩子注意安全，提防陌生人之外，到底还有哪些心理因素。我印象里，大人们在说这句话的时候，常有戏谑的表情和语气，特别是在他们面对一个或多个小男孩时，他们会说，你再不老实，小心有人来割你的小鸡鸡。在村里，以前总能见到大人拿小男孩的生殖器开玩笑，用手指弹一弹，或者嬉皮笑脸地问他那是什么，但从来不会有人对女孩做这类事。这背后的文化根源，仍然是千百年来对男根的迷恋和崇拜，只不过这种迷恋和崇拜以游戏的方式表现出来了。

"计划生育"这四个字，精准地体现着这项国策的核心，那就是"有计划"地去生育。但对于青年夫妇来说，生育可以计划，性生活却很难计划，那时候避孕措施比较落后，也不可能采取使用安全套等措施。因此，在很长一段时间里，乡村的避孕措施主要是靠给已婚妇女上环来实现。那些行走在田野里、奔跑在山上、转悠在锅台边的女人们，肚子里装着一个小小的金属环。她们要通过各种严格的审批手续才能拿到准生证，有了这个证明，才能去医院把避孕环取出来。这个内置于身体的金属环，其目的是有计划地让育龄妇女怀孕，但它的影响完全超出了这个目的，其中包含着对女性身体和心理的改变。

我仍有模糊的印象，每当村里的妇女们要去乡卫生院上环或取环的时候，她们的丈夫们会找一辆四轮车，载着她们去四十里外的卫生院。四轮车一大早就停在村子中央的土场上，突突突地冒着烟，响着，似乎在告诉人们，她们要出发了。妇女们穿上了平时干活不舍得穿的衣服，叽叽喳喳地站在车厢里，她们有一种特殊的"兴奋感"。那些丈夫们踟蹰在街上,吸着旱烟,偶尔有一两个人会开开玩笑,但开得很谨慎。所有人都心知肚明,但所有人都不会提到相关的内容,表面上看这是一个和生育相关的事,但它同时是和"性"相关的。这一点无疑是村里人最不愿意公开谈论的。因此,女人们的"兴奋"中多少也包含着禁忌被有限度公开的快感,当然还有她们终于可以穿着好看衣服去一次乡上,摘掉或上了那个避孕环之后,有机会去商店买一瓶雪花膏、两条手巾,从各种意义来说,这都是大事。那个年月,普通人家一年也不会去一趟乡里的,虽然只隔了四十里路。

一种私密事件,就这样变成了一种公共事件,但文学对于这些现象的更深层表现,似乎还不够。后来读莫言的《蛙》觉得不满意,其中一点,就是因为在这部小说里看不见活生生的个人,如同我老家那样的人,他们面对计划生育这项政策的复杂感。我们那儿虽然和莫言笔下的山东很不相同,但有关计划生育的情况,大致是一样的。计划生育在农村不是一个单面的事物,也不能被简单地斥责为一种机械性的冰冷、残酷,虽然这一点在现在看来仍然是它的本质。但我们要理解那个时代的生育观，就必须把很多具体的情况考虑进去，或者说，计划生育及其相关措施的推行，不只是和控制人口的出生有关，它还相应地参与了改变和重构农村的伦理秩序、家庭结构。

在更早的一段时间里，连节育环都没有推广的时候，村里的赤脚医生会给妇女们做节育手术。没有手术室，就是在村西头的一间土坯房里，手术工具极其简单，唯一的消毒措施就是用开水煮，或者把手术刀放到火上烤。有人因此感染，然后死掉，当然更多的人活了下来。对于死去的，她的家人也并不痛恨医生，他们只是觉得命不好，要么为什么别人活着而偏偏她死了呢？这是愚昧无知，可愚昧无知的背后，是几千年延续下来的无奈造就的逆来顺受。

事实上，这所有的对健康的不尊重，都并非一种人为的刻意的恶，而是一种无意识的恶，或者说，其背后都隐藏着一种绵延数千年的朴素的生命观。他们把这叫作命，不是命运，命运是一个过于书面化和西化的词语，命则是底层的本土的民间的。在乡村社会里，对于无信仰的农人来说，命就是最大的主宰。一切全由命定,那么命又是由谁来操控的呢?有时候是老天,有时候是鬼魂,有时候是自己的前世孽缘,等等,并不需要一个具体的神存在。

命既然是一种先在的、个人难以改变的东西,那他们对它的态度就变得简单多了,总结为一句话,就是要认命。因此,同样是做简易条件下的手术、同样是面临风险,受伤或死掉的就被认为是命不好,他们自己也这么领受。他们不太容易把责任推导到手术的实施者、政策的制定者等人身上。生来即是命,既无可逃避,也不能改变。

9

对妇女们来说,怀孕固然辛苦,但生产才是最关键的。

我从母亲那里,知道了自己和弟弟出生的情形,那个年代在我周围的同龄人,大概都是在差不多的境遇下来到人世。母亲怀孕后，家里的条件很差，孕妇也和别的人一样，没有现在的营养品，更多的时候就是和家人一起吃小米饭、咸菜，喝白开水。如果没有不能忍受的病痛，是不会去医院的，当然也不可能有任何产检。一九八一年的秋天，村里的生产队还没有解散，土地包产到户的政策也没有实施，为了挣更多的工分，母亲不得不挺着大肚子和队员们收割庄稼。因为是生产队集体作业，五个人一组，母亲为了不落后只能更加卖力。我们现在已经很难想象一个孕妇和其他人一样干农活的情形，但在当年，这是农村的常态。我赶上了村里集体主义的尾巴，那年秋天作为登记在册的人口，我分到了生产队的粮食。第二年包产到户，我也有了自己的口粮田。

我的出生并不顺利，接生的是村里的接生婆，她采用各种方式帮助母亲，但辛苦了两天还是没有生下来。不用说卫生条件，那时连能够擦拭的卫生纸都没有，甚至只能用沙子来代替，这在如今是完全不可想象的。后来情况紧急，家里人不得已找来村里的老中医帮忙，我才终于来到人世。月子里，母亲唯一的营养品就是家里攒的和别人送的鸡蛋。奶水很少,而且可能因为孕期母亲一直在劳动,生产又不顺利,我的身体不太好,经常闹毛病。熬到八个月大,又得了一场重病,在乡里医院待了三天,没任何效果,不得已到了林东镇医院,一个医生大胆地做了手术。从去到回,住院十九天,花费计一百九十块钱,捡回条命。

两年后,弟弟出生。怀弟弟时,母亲也很辛苦,经常腹痛,唯一能做的只是找中医去号脉,开很多中药回去熬着喝。而弟弟的出生,是家里的二姑奶奶接生的,还算顺利,没有遭什么罪。弟弟刚从母体出来,二姑奶奶抱着他,他就撒了一股尿,直接滋在了她的脸上。因为这个,那一年春节的时候,爷爷特地买了几尺好布料送给二姑奶奶。这件事成了弟弟出生被谈论最多的细节。

生产被女人们看作鬼门关,的确,在医疗条件较差的过去,生产本身和它可能带来的重重危险,确实严重危及女人们的健康甚至生命。生产对女人来说,不仅仅是一个生理事件,更是一个精神事件。即便在如今医疗条件十分发达的时代,女人生小孩的基本程序也没有太大的变化，固然可以采取剖腹产、无痛分娩等手段，但她们依然要赤身裸体地暴露在陌生人面前，依然要经历"毫无尊严"的过程。生产通过对身体的"操控"，把女性最为隐秘和封闭的精神堡垒强行打开，在一定程度上彻底抹去她们和自尊有关的想法。这一过程在小孩诞生之后还会继续，她们要哺乳，要面对孩子的屎尿，要失去完整的睡眠，等等。

10

在农村社会里，生育被当成女性的天职，而那些因为某种原因不能生育的女性，要面对的不仅仅是家人和自身的压力，还包括其他村民的议论。乡村观念还倾向于把没有后代看作是老天的一种惩罚。生育是生活叙事中的关键链条，这个链条的断裂，既会彻底破坏夫妻双方的关系，更象征着一个家族出现了问题。更何况，在传统而顽固的观念中，只有生了男孩才叫作有后，才被看作是链条完整。因此每一次怀孕对女人来说都是一次充满患得患失的过程，她们潜意识里都希望自己生的是男孩。比如我老家的四叔，他和四婶结婚后，一直希望能生男孩。四婶怀孕，果然是男孩，但却因为意外的原因流产，后来四婶再次怀孕，生的是个女孩。四叔对此耿耿于怀，总觉得老天欠他一个儿子，他一直对此抱有希望。直到后来小弟的出生。

其实这种重男轻女思想，浸润在乡村的每一块土坷垃里，甚至是在童谣中。在我童年的时候，有一首奇怪的童谣，和生育观念有着千丝万缕的关系，虽然过去了二十几年，我依然记得清清楚楚：

小二丫，拿小米，换爆花。

爹一碗，娘一碗，没给大嫂留一碗。

大嫂回来好生气，扛着锄头去耪地。

光耪苗，不耪草，肚子疼，往回跑。

掀炕席，铺干草，老娘婆请不少。

最后生了个大胖小。

那时小伙伴们背童谣，都只是好玩，因为有的人小名二丫，我们就背诵着来笑话她。现在看这首童谣，其实是有着相当复杂的内容，许多的乡村社会伦理、家庭结构等都有所展现。"小二丫"的称呼可以表明，这个家庭里至少有两个孩子，还都是女儿。"拿小米，换爆花。"爆花就是爆米花。在很长一段时间里，农村实行的是物物交换的商品流通法则，比如用鸡蛋换冰棍，用各种粮食换西瓜、香瓜或者锅碗瓢盆，有的人家借了钱没有现金来还，也会用鸡蛋来顶账。"爹一碗，娘一碗。"这也是很意外的称呼，对父母称为爹娘的地域，大概是西北或南方偏多，而在我们老家，从来没有人管自己的父母叫爹娘，因此这个称呼很可能是从外面流传过来，又被改造的。"没给大嫂留一碗"是说这里的姑嫂关系很不好，这也是常态。

大嫂生气，扛着锄头去地里，光耪苗不耪草，只为发泄。大嫂还有身孕，因为剧烈的劳动导致身体不适，跑回来生孩子。"掀炕席"，北方的土炕的炕席都是编织的，他们会把炕席掀开，让生产的妇女躺在土炕上，人们认为这个已经被烈火炙烤过几十年的土炕，是最干净的。"铺干草"是为了防止血和水的浸染。"老娘婆请不少,"则表明有难产的可能,只能请许多人来接产。最后的结果是好的,生了一个胖胖的男孩,这里自然就是重男轻女的潜台词了。

之所以如此不厌其烦地对这样一段童谣做文本分析,是想表明,仅仅如此一小段儿童之间流传的歌谣,已然能挖掘出如此丰富的内容,涉及乡村社会最重要的生育伦理的作品,又怎可能只放在一种或几种维度上来看。在我看来,乡村社会比城市社会更具协调的整体性,因为它的全部逻辑都是相互勾连的,类似编织物;而城市的运行是条块分割状的,如同搭积木。

比如,村里的一个光棍,四十岁才娶到一个带着小孩的寡妇。而他娶媳妇的目的,既是要有一个伴侣,更是要组建一个完整的家庭。没有家庭的人死去,会被看成另一种类型的孤魂野鬼。他的另一个重要的目的则是,寡妇带来的孩子会跟他的姓氏,如果他们能再生育小孩,就会呈现一种人丁兴旺的状态。在乡村社会,没有后代被看作是最大的诅咒和不幸,娶媳妇生孩子这种传统的观念是深入骨髓的。

11

生育是两个阶段，生一个阶段，育一个阶段。生是艰难的，育同样不容易。

在更久远的时代里，生下来之后的养育，似乎是一件自然而然的事。我家族里，祖父一辈有八个孩子，四男四女，父亲一辈也有六个孩子，也就是我的奶奶一生中生育了六个子女。对于他们的时代来说，六个还是八个，似乎没有太大的区别，那时候的养育成本是很低的，只要有口饭吃，就能把一个孩子养大。因为绝大部分人都没有其他的诉求，不需要读书，不需要出门，只需最低限度的食物就能长大，长大后结婚生子，又可以继续繁衍。

另一个原因就是，那时人们对于婴儿的早夭并没有看得过于严重，悲痛固然是悲痛的，但如果一个孩子得病而亡，会被认为他本就不属于这个世界，他天生是一个"短命鬼"。

早夭的孩子一般不会进入祖坟,因为在他们的观念里,进入祖坟就等于彻底进入了这个家族的秩序,将不能再生,而埋葬在山岗或其他地方,他将有机会重新投胎做人。或者说,他们在一定程度上并不被认为是这个家族的成员,而只是过客。

很多人并不是单纯作为一个孩子而出生的。在汶川地震之后,很多失去独生子女的夫妇都排除困难,重新怀孕生育,以继续自己的生活。我另一家亲戚家的表妹,六七岁时生了病,家里人只是找村里的大夫给治,不见好且越发严重,他们竟然还不送医院,却听任一个四里八乡游走的巫医胡乱医治,结果等再送到医院时,已经来不及了。几年后,稍有缓和,他们又生了一个儿子,才从这段悲剧中彻底走出。这个母亲偶尔会说起逝去的女儿,她不叫她女儿,而是称之为"那个死鬼"。如今,那个后来生的儿子也已经成年。我没有和他聊过,也不知道他是否知道自己的诞生是一个死亡事件的余波。大概他也并不会在意这些,他现在最在意的是他父亲的心脏病,母亲的腰痛,和哪天才能在打工的北京买上一间房子。

我听闻的另一件事情，是一个人家里，头胎是女儿，二胎生了男孩，但是因为天生的原因是自闭症，可以预期的是将来生活亦无法自理。几年后，他们又生了第三个孩子，理由是，将来等他们夫妇都老了死了，这个生活不能自理的弟弟的所有重压都将在姐姐一个人身上，如果再有一个孩子帮她承担，就会好一些。这是很可理解的理由。

我无意对这些作评价或判断，我只想说，生育即便在单个的家庭来说，也有着千差万别的原因，一个生命的降临并不取决于这个生命本身，而是要看它在这个家庭的生活秩序里处于什么样的位置。我们再拿叙事的逻辑来比照的话，就像一个故事发展到一定阶段，必须增加一个角色的时候，作者会根据需要创作新的人物，有时候生活也是如此。好吧，这么说来，我们都是自己故事的主角、别人故事的配角，随时会被别人 pass 掉。

12

生死一线牵。或者进一步说，生和死在特定逻辑下是同一件事。农民们要生孩子，要生男孩，要生很多孩子，表面上当然是多子多孙多福寿，或者从经济学的角度来说能有更多的劳动力，从现实的立场上是为了多一个人养老，但背后的根本仍然是一种和死亡相关的生存哲学。中国人不崇拜神，而是崇拜祖先，也正因如此，他们必须要有后代，没有后代的人无法成为被祭祀的祖先。人们在活着的时候想象死去这件事，认为如果自己死了，但还有后代留下，每逢节日去坟头除除草，烧一点纸钱，死亡就变得可以接受，死就被转换成离开，而不是消失。既然去那个地方是绝对不可避免的事情，他就必须在人间留下代言人，也就是能经常来看望他的后代。

现在尽管重男轻女和传宗接代的观念已比之前淡很

多，但还是有一些其他程序来维持着生育和死亡之间的联系。

结婚那天，我跟老婆从镇上坐车回到家里，走了一些固定的流程后，由几个族里的亲戚带着到北面山坡的坟地上，去给逝去的祖先磕头。老婆当时有些小小的讶异，在她们老家，是没有这样的习俗的。那时候是夏天，天气好，周边都是深绿色的草，再远处是庄稼地，或者并不算高的山。我们跪在几座坟茔前，磕头，亲戚絮絮叨叨地向太爷爷太奶奶和爷爷奶奶报告："看看吧，你们的孙子娶媳妇了，放心吧。"当然也烧了很多纸钱。就算是夏日，也一样有细微的风，把纸钱燃烧后的灰烬吹散于空中，仿佛被祖先们带走了一样。娶媳妇意味着组成家庭，意味着接下来会生儿育女，当然也就意味着他们的血脉将会被继续延续下去。他们会随着时间的流逝，成为祖父祖母、曾祖父曾祖母、太祖父太祖母，成为家族链条上的老祖宗。

转世被认为是一部分人在生死之间转化的特殊形式。这种认知，基本上来源于佛教的轮回之理，人或生灵历经一世之后，肉体死去，但是灵魂会经过一定的程序再次回到世间，可能是人，也可能是其他生物。在乡村，我们经常会听说某村的一个人，带着前世的记忆出生，几岁即能讲出他之前的故事。比如，上一世生在某某村，家里某某人，因何而死，等等，然后这些情况竟然都可以印证。在网上，你甚至能搜到一个这类人专门成立的组织。人们愿意相信转世，就是想把自己从前世的死和后世的死之间打捞出来，这一生所有的遗憾都有前因，并且可以期待下一生来弥补。

生死之间的关系，还有其他多样的表现形式。比如，这些逝去的人们对人间的子孙多有留恋。有很多时候，村里的人生病了，找香头（一种巫医）来看病，他们会说是某个祖先回来了，他身体弱，受不住，因此得病。但是祖先为什么要回来呢？不外是缺钱了，或者他的坟墓被水淹了、被马蹄踏出了坑，等等。香头做法，念念有词：子女已经知错，不日就会去办理，请祖先离去，否则子孙害病，云云。这时候，子孙就要去修整坟墓，烧很多纸钱给他们。其结果，自然是有的人病情加重，而有的人果然就好了。这都是生者对死后生活的想象，这种想象反过来又指导着生者的人生。

前面有关奶奶去世时的故事，保留了一个细节没有写，留在了此处。在我老家，送葬还有一个程序，就是要在村子里的小庙进行送别仪式。在出殡的前一天下午，家里人会带着纸钱等祭奠用品，到小庙前焚烧，然后告诉死者明天会送他回去，请他勿念家里人，安心上路。据说，这是活人能够直接跟死者讲话的最后机会。这个场合是用来送别灵魂的，而明天安葬的是他的身体，二者必须通过不同的仪式和道路才能同时抵达另一个世界。

在小庙送灵魂的时候，有一个说法，如果是五岁以下的孩子，能够在一层燃尽了的厚厚纸灰上看见逝者离开的脚印。曾有小伙伴说，他在送别自己的爷爷或奶奶时，看见过那双脚印。这是无法印证的事，可能只是小孩子为了证明自己特别而故意顺着说。但人们所谓孩子才能看见脚印的说法，却在另一个逻辑上把新生命和老生命连接了起来。生育对于人而言，其意义不仅仅是繁殖，更是抵御死亡的核心方式。

这所有的努力，在另一个方面帮我证实着前面提到的认识，即人们把死看作是生的一部分，认为死就是离开，而不是消失。这种离开是决绝的，遥远的，人们再也不能直接进行对话，所以必须通过种种神秘的模式来沟通。因此，所有有关死亡的仪式，最终都是有关生者的仪式。而所有有关生育的观念，最终都是面对死亡的观念。死生之间，交错敷衍成了另一重叙事。

尾声

说到底，我们那儿的生和死，在本质上也就是我们那儿的生活。

我所铺叙的这些故事，完全基于我生长的那个山沟里的乡村，它如此狭窄，不能作为任何一个地域的代表，也不能被引申和放大。同时基于我个人的观察和现有的知识结构所作出的叙述，它如此个体化，也如此浅白，不能通约到更多的个体之中。因此，我无意将之纳入更大范围的乡村生死观念里，或者和其他地方去比较相似和不同，也无意把这个问题引向任何一个专业的学科讨论，不论是社会学的、哲学的，还是文学的。我更愿意这篇文章是一种展示，这种展示如同一个农民种庄稼，他牵着牛，他扶着犁，他拔草，他收割，他把粮食装进仓房。

四季轮转，周而复始。如此而已。

东北偏北

我不知东北何在,因我不在东北,我在东北偏北。

——题记

引子

去东北

从何时起,去东北如去故国
所有相关词语都被颠覆,如果还可
用押韵的方式喊几嗓子,就无需
强行戒酒。机器继续转动
稻田继续收割,唯笑声新鲜而迫切

大火熄灭后,下一代人手持火把
四散奔逃。我们该有多爱自己朽烂的根
做尾巴,做皮鞭,做停泊云烟的缆绳
投名状一纳再纳,到最后
东北仍像是,共和国骄傲的弃儿

这是二〇一七年十一期间写的一首诗。

它不是一首好诗,但它表达了我对东北复杂的情感。就是在写这首诗的同一时刻,我动了写一篇有关东北的长文的念头。近些年,各种以东北为描写对象的文章已经很多了,人们都在谈论,那个当年的"共和国长子"、重工业基地、肥沃千里的黑土地到底怎么了。是新的时代抛弃了曾经的宠儿,还是宠儿耽于历史的辉煌和暗色,已经步履蹒跚,无力跟上世界的节奏;是地域文化和人群性格开始暴露出在信息化社会的短板,还是集体主义时代官僚体制的强大遗存,已彻底改变了这块土地上的社会生态……无数的问题携带着灼见与偏见并存、热爱与背弃同在的回答,汹涌于我们可见的各种媒体之上。

东北,在一定程度上成为一种公共性的社会谈资,人们对它充满疑虑,也充满焦虑。

吊诡而更具意味的是,这种疑虑和焦虑最强烈的地方不在东北,反而在东北之外,或者更多地在那些离开了东北的东北人心中——犹如所有乡愁,都发生在异乡。这部分人有着特殊的怀旧热情,对"东北再起"怀有无比强烈的期待,甚至国家层面也不止一次看到新闻说要重新振兴东北，但以近些年的经济形势和普通人的生活感受来看，"理想很丰满，现实很骨感"。而另一个方面，我所接触和观察到的"在地"的东北人，似乎并不在意自己家乡的GDP持续落后，也不羡慕广东、浙江等富裕省市的快速发展，他们沉溺于自己的日常快乐之中，毕竟如今的生活已温饱无忧，所差的只是质量上的不同。另一个值得注意的情况是，伴随着二十余年东北经济增长缓慢或衰退的，恰恰是东北民间文化的全国性广泛传播，二人转、小品、喊麦、乡村爱情、网络直播，以及许多影视剧开始转景东北（特别是哈尔滨），即便仅拿文学中的地域表达来看，近些年重新显现出地方风格和活力的，除了上海，只有东北，有人甚至打出了"东北文艺复兴"的旗号。作家、批评家们重新把目光投注于历史与现在交织、对比强烈的两个地域，重新凝视北方的粗粝硬朗和江南的都市婉约。而如果单从清晰的地域性和对其他地方的影响力来看，在近二十年中国影视文化的版图上，东北恰恰是形象最鲜明、最明确的一个地域——我们的日常表达，正在一定程度上东北化。

这种错位之间，又隐藏着怎样的秘密？

而我，作为一个内蒙古人，并不属于真正的东北。在地理位置上，我的出生地恰恰是中国的东北偏北。我认识很多东北人，我们都认识很多东北人，这没有什么特殊的优势。我妻子是正宗的东北人，因为这层关系，我得以多次往返东北的一座小城松原，并和那里的人们有了直接的接触。但真正促使我写这篇文章的动因，却是我生身之地和我自身的某些东北习性，以及作为一个写作者，我有着从非经济政治因素的角度去看待这广大地域和无数人们的原始冲动。

我想我的优势恰恰在于东北偏北：我不属于东北，但我也不能算是东北之外，我不是一种单纯的旁观者视角，我也没有根植于童年经验的纯粹东北人立场——此刻，媒体和网络上充斥着这两种思维下诞生的文章。

因此，本文将彻底从一个一只脚在东北而另一只脚在东北之外的个体经验出发，融合近些年对东北文化和日常生活的观察，尝试素描出一个个人化的东北形象。我不负责为东北辩驳或证明任何事，更无意借此"抹黑"东北，我只想管中窥豹，写出那色彩复杂而凝重的小小的一斑。或者说，这只是我个人与东北的发生学和交往史。

大连：虚构的信

二〇〇〇年八月底，内蒙古北部山区的秋意已经很明显，大地显出萧瑟之气，田野正等待着最后的收割。我从小镇林东坐上了一班长途车。此行的终点是辽宁的一座海滨城市，但需要先到赤峰转坐火车。那时候，赤峰境内的几条高速公路甚至尚未开始规划，车行便道，一路颠颠簸簸、弯弯绕绕，要走六个多小时。长途车也破旧，绝境般挣扎的轰鸣震耳欲聋，车厢里永远充斥着浓重的汽油味——当然，对彼时还不满二十岁的我来说，所有的汽车都是这样的，我从未见过崭新的汽车，汽油的味道就是汽车和路的味道，也是远方的味道。

这是一趟未知而冒险的旅程，我身上并没有大学录取通知书，却只身去遥远的某所大学报到。那所学校在大连，属于东北，属于辽宁省，临海，彼时正是这座城市春风得意之际。得知自己被大连的一所税务学校录取后，我曾在空无一人的教室后墙的中国地图上搜寻它的位置。一番摸索，只找到一个点和两个模糊的字——地图已经被同学们摩挲得和汽车一样破旧，世界此刻是模糊的。我应该在历史和地理课上学习过和大连有关的知识，但记忆里却毫无痕迹，至少没有任何具象的痕迹，以至于我坚持认为，在此之前，这座城市在我的意识图景中从未存在。按照那张被丢在林东镇某处街道的通知书，我要去大连学习有关税务的知识，从而开启自己新的人生。我对此并未怀抱热望，有的只是对乖张命运的无奈接受。

这是我第一次出远门，无人与我同行。父母当然既没有时间也没有这笔费用专门去送我，更没有另一个考入同座城市的伙伴可以相约。少年的旅途似乎总是独自行走，尤其是远行，它成了长大成人的必然仪式——十八岁出门远行，后来我读到余华的成名作时，立刻就代入了主人公的心态，毫无隔膜。在急速行驶的车上，我终于彻底弄懂了中学课文里的比喻：人，有时就是一只漂荡在茫茫大海中的小船。路上有任何事，我都没办法联系上家人。那时候还没有手机，家里也没有电话，这样的远行像是一场没有重聚日期的漫长告别。幸好，全家人东拼西凑的五千元学费已经汇入银行，无需提心吊胆地装在口袋里了。在当年，一条命，也就五千块，有的甚至不值。

前途未知，但步履决不能停，这是一个二十岁的乡村少年必须面对的现实。

到赤峰时，已过中午。下车后，我到离汽车站不远的火车站买了去大连的车票。唯一的一趟车，要晚上九点半才开，我有一整个下午的时间待在这座北方小城——我彼时到过的最大的城市。但我不敢离开车站，一直拖着出发前才花三十块钱买的皮箱，坐在候车厅里，就着矿泉水啃面包和火腿肠。这样的午餐现在看起来是不是有点儿惨？但对当时的我来说，这已经是"穷家富路"的极致体现了——如果不是出远门，怎么可能吃面包火腿肠、喝矿泉水？我还记得，大半年前，我仍在继续自己的第二次复读，早我一年读中专的弟弟，一路站票从呼和浩特回到林东，甩着浮肿的双腿去中学里看我。我们在教学楼走廊的拐角说了几句话，他临走时留下的，正是他路上没有吃完的两个面包，来自内蒙古首府呼和浩特的面包，味道上已经附着了几千里的风尘。就是这两个面包，帮我抵挡了一周其他食物的诱惑，让我觉得长途旅行不但是可以忍受的，甚至还是美好的。

第二天上午，火车进入大连郊区，我从半梦半睡中醒来。夏末秋初的天空晴朗明亮，透过车窗看到宽阔的公路，公路两旁闪过一片又一片花坛。这些如今在很多小镇人们都习以为常的景观，对当时的我来说，只能用震惊来形容。我从未见过鲜花被如此整齐而大量地栽种、摆放、修剪，我从未见过所有的植物都如此形制规则，我此前所见的花只有两种：山上的野花和电视里的花影。我产生了一种茫然和兴奋，茫然于即将独自在这个陌生到魔幻的城市生活，兴奋于家乡外的世界如此之大、可能性如此之无尽，而我是如此渺小。

但我只在大连待了一个月。这一个月里，东北作为一个词语被许多人提起，不论是极少数的南方同学还是家就在此地的北方同学，他们像说一个临近村庄那样谈论东北，谈论沈阳、哈尔滨、长春和大连。南方同学说，自己的父母从未想过他会来东北读书，感觉好像去了国外一样，东北的同学说，大连是东北比较特殊的城市，靠海，气候湿润，有着北方城市少有的干净整洁，而且是东北最发达的城市。或许就是从这一刻开始，东北才作为一个整体性的概念进入我的意识。同宿舍的同学里，有一个似乎对地域很熟悉，他还说，我老家所在的赤峰市，在很长一段时间里属于东北的辽宁省，后来才划归内蒙古的。我就想，原来我所在的地方，也曾经是东北。

那么，东北在哪里呢？

从现在的行政区域上看，很明确是指黑龙江、吉林和辽宁三个省，但在人们的观念中，东北不仅仅是地理学意义上的，更是生活和文化意义上的，除了那些城市、乡村，它还指称着一种声音语调、一种性格、一种文化、一种习俗，以及所有这一切所最终形成的那个称谓。东北在地球的东方，在中国版图的东北部，也在我们的日常认知和想象里，比如东北话，比如二人转，比如东北人都是活雷锋，比如东北人应该能喝酒，比如东北人爱打架，比如猪肉炖粉条，比如人参貂皮乌拉草，等等等等。

我逐渐了解到，自己所在的是一座世界闻名的海滨城市，但我并未在这里接触过大海，它只在一次去市中心的公交车窗外闪过。因为我的成长之地与东北的诸多相似,一个真正的东北城市大连给我的新鲜感反而都是非东北的。这种新鲜感里,很大一部分是乡村少年面对城市时的激动和慌乱。满大街烤鱿鱼的味道和海风吹来时的咸湿味,让我经受几十年亚热带干燥季风吹拂的鼻翼,体验到了什么是温柔的抚慰。已经有几年历史的咽炎,也似乎在这里获得了缓解。

我在大连一个月,不止一次听到人们在谈论一件事。在大连市中心,星海广场中央伫立着全国最大的汉白玉华表,于一九九七年六月三十日竣工,是为纪念香港回归而建的。一座有纪念意义的华表并没有什么特殊的,特殊的是围绕着华表的某些民间传言。其中一个说,华表底下藏着一个时间胶囊,胶囊里是建造时的大连主官写给二三九九年的一封信,那时是大连建市五百周年。当时,人们纷纷猜测,信中写的应该是对这座城市未来的想象和憧憬,但官方材料里从未提及这样一封信的存在。

传言已经无法证实,或者说它本就是一封被民间虚构的信,人们对未来抱有某种模糊的希望,需要附会到一件具体的事物上。然而世事总是难预料，二〇一六年八月五日凌晨，斗转星移，大连星海广场的华表被拆除，那封虚构的信当然也就此消失，或者，它真的存在过吗？

一个月之后，十一假期，我退学回到内蒙古，直到十八年之后，我才再次与这座城市重逢。这是东北第一次作为具体之物进入我的意识，它如同一段打盹时快速沉溺的梦境，让我产生了严重的虚幻感。

我曾身在东北吗？我说不好，但同那封虚构的信有关的虚幻感，恰恰是东北后来命运的表征之一。

松原・长春：奇异之锁

走在长春的大街上，我特别吃惊，几乎所有出租车的顶灯上都浮动着广告，而广告的内容竟然绝大多数是某某锁城、某某开锁。我心中充满疑惑：难道长春人经常把自己的钥匙丢掉吗？还是这里盗窃严重，人们不得不频繁换锁？又或者出租车公司和开锁公司是同一个老板？我没有找到能解答这个问题的资料。此后我去过几十个城市，再也没有见过类似的景象。我相信，任何被重复和强化的事物，都是某种征兆，都代表着这个地方人们社会生活的特殊之处，这个征兆伴随着我后来每一次去东北的经历。

妻子是正宗的东北人，她的老家是吉林省的松原市。松原市有几年特别出名，因为那里的高考抄袭之猖獗混乱，几乎是全国之最，后来被重拳打击后，这种风气已经平息，现在只能零星搜到当年的一些新闻报道。另一个让松原闻名于世的，是那里的中国第七大淡水湖查干湖。查干湖，原名查干泡、旱河，蒙古语为"查干淖尔"，意为白色圣洁的湖，渔业资源丰富。每年的查干湖冬捕已经成为一个节日，头鱼拍卖价连续翻番，最高价达到了近百万。

但这些信息都是后来慢慢累积的，松原在我心里的第一印象，是间接而负面的。有一年寒假，妻子坐火车到松原，然后又从松原跟人拼车回村里。在半路上，司机和拼车的人说，小姑娘，我们不想伤害你，请你把所有的钱都掏出来吧。胆战心惊的妻子只好把仅有的一点钱给他们,然后被半路赶下车。幸好又在路上碰到了同村的人,才安全回到家。自此之后,她对自己的家乡再没有了天然的亲近感,曾不止一次说,自己毕业后绝不会回东北工作。她的叙述也让我对这里有了某种厌恶感,这当然是刻板印象,但人们对一个地方的认知,常常就是由类似的细节构成的。

二〇一七年十一假期,我们带着小朋友回松原看姥姥姥爷。内弟开他的二手车,载着我们行驶在松原的大街上时,我多年前在长春产生的疑惑和惊讶,又一次被激起。随着车行的路径,我看到小小的一个地级市里,竟然有着无数家二手车行。后来春节回老家,出赤峰时,我又见到了一整条街的汽车商店。我跟滴滴司机说,看来这里是赤峰的汽车交易市场。司机说,不,这里是二手车交易市场。

两个同样级别的北方城市,都有着数量庞大的二手车店。这一方面似乎表明,家里有一辆车已经成为这里的重要生活指标,它催生着汽车市场的繁荣,而北京、上海等一线城市,出于环保的考虑逐渐淘汰了大量排量大、污染重的车型，它们被转移到了三四线城市。但另一方面这现象却又似乎在印证着人们虚荣的消费心理，买二手车在某种程度上买的并不是车，而是品牌，比如花不到三分之一的钱，就能开上奥迪或其他名牌车。这与东北男人喜欢戴大金链子，女人一定要有一件貂皮具有类似性，在寒冷的冬季貂皮固然有其实用价值，但它真正的作用显然是布尔迪厄所谓的"夸示性消费"。事实上，所有的奢侈品消费都是夸示性消费，所针对的是消费者对于"符号财富"象征意义的占有。这一点或许是东北文化中非常重要的特性——面子。面子作为生活中重要的要素，固然是几乎全部中国人或东方人都无可避免的，但它在东北似乎尤为突出。也只有在东北，人们才会因为"在人群中多看了你一眼"（你瞅啥？）而引发暴力事件，因为任何一方都放不下面子。面子的里子，或许是一种孱弱的自尊心，这种心态最容易产生自嘲的艺术。

这一年的十一假逢中秋节，我终于走进了松原市的二人转剧场。每一次去东北，我都想进二人转剧场看一下，但各种阴差阳错，一直没有成行。这一次，特意早早买了票，虽然是中秋节专场，但票价出人意料地便宜，每张只要二十几块钱，跟看一场电影差不多。剧场很小，条件简陋，只是一个有舞台的大礼堂。演出晚上七点半开始，我们从家里打车过去，八块钱的路司机绕了十二块钱。后来内弟听说出租车收了我们十二块钱，愤愤不平：从家里到剧场，八块都是多的。我们回来时，同样被另一个司机绕了十二块。我想起那个抢劫妻子的黑出租，他们之所以这样做，很明显是听出了我和妻子的口音已经和松原本地很不相同了。东北人有一种奇特的心理，那就是对陌生人的两极化态度，有时候极度热情，有时候又极度欺生。后来，我在观察中发现，东北人习惯于遵循一种"熟人逻辑"，不管什么事情，只要是熟人、熟人的熟人，哪怕是熟人的熟人的熟人，那都好办，但如果是纯粹的陌生人，他们会立刻换一副面孔。

剧场外的海报上印着"欢度中秋"的字样，还用浓墨重彩的美术字写着《乡村爱情》里扮演蔡老七的演员将会压轴出场的信息。剧场门口几个小摊位在卖瓜子，人们大都买几把瓜子进去。这类剧场有着很大的自由度，瓜子皮可以随地扔，散场后会有人清扫。剧场的每一块地板，踩上去，脚底下都发出轻微的声响。剧场拥挤至极，每个座位都坐着人，还有许多人靠在墙边，没有意外，手里也抓着一把瓜子，甚至有一个母亲，抱着也就一岁多的孩子，一起听着震耳欲聋的歌舞声。舞台中央，几个暖场的青年男女正在卖力地唱歌，歌曲当然是东北大街小巷的音响里轮番播放的那些通俗歌。每张椅子上都放着一个用来摇动的塑料小手掌，一挥舞起来，就是"啪啪啪"拍手的声音，刺耳但是效果明显，很容易形成一种嘈杂的热烈。可以吸烟，四周也布满了烟尘，不吸烟的人吸进去的烟，似乎比吸烟的人还要多。

几束鲜艳而刺目的灯光一会儿射向人群，一会儿又移动到墙壁和房顶，你能在光柱里看到飘浮的尘埃，它们被人吸进吐出。暖场歌手终于唱完，鞠躬下台，一个号称重金请来的主持人跳跃着上台了，话筒耍杂技一样在左右手间交换旋转着。他所有的话都是常见的东北二人转演员使用的语言：亲爱的朋友们、最最亲爱的父老乡亲们、大爷大妈大哥大姐老弟老妹们。是的，东北艺人天然带有一种亢奋的基因，他们不惮于大声而激烈地表达各种亲密关系，虽然他们和观众一样并不相信这种表达，但在剧场空间里，如此表达的确迅速拉近了演员和观众之间的距离，这种拉近并非情感性的，而是以一种破坏性的力量破除陌生感带来的谨慎和戒备，让人们迅速进入类似于"狂欢节"时的类迷狂状态。或者借用另一个容易理解的比喻，不管开头多么尴尬的饭局，只要酒过三巡，全桌的人都会热络起来。

这不难理解——既然我们已经共享了一个黄色笑话，既然我们已经放下了所有表面的高雅，既然我们已经大声地喊叫起来，既然我们已经认同亲爱的、最最亲爱的等肉麻称呼，你又何须谨小慎微、心存戒备呢？释放你自己的声音和躯体，跟我们一起叫喊和舞动，对，大声、再大声，使劲、再使劲。是不是获得了发泄的快感？是不是有一种打破禁忌的愉悦？是不是体会到了集体疯魔的欢畅？是不是缓解了日常生活和工作中的压抑？那么好，请继续，越疯狂越好，越投入越好。他们喜欢跟观众要掌声，用各种方式，你不鼓掌我就跪着不起来，你不鼓掌我就飙海豚音不下来，你不鼓掌我就自虐，总之你被一种道德感推动着拍起巴掌，你被不耐烦感推动着拍起巴掌，你被左右前后的人带动着拍起巴掌。为什么一定要千方百计地讨掌声？那是因为，在如今的二人转演出里，掌声不仅仅是对表演的认可，更是表演的一部分，或者说，演员们需要通过这种方式来确认双方达成的微妙的心理平衡能始终保持，"狂欢化"能始终维系，这是当下二人转演出的根本秘密。我们知道，真正的舞台剧，比如话剧和音乐剧剧场里，掌声恰恰是外部干扰力量，是被约束的，但在这里，掌声是情绪的催化剂，也是致幻剂。当观众因为各种理由不断鼓掌时，他们的确更快地让自己融入了角色，没错，在二人转剧场里，观众才是真正入戏的人，演员们则一脚门里一脚门外，他们对此心知肚明，勤勉为之。

在所有的中国民间文艺里，二人转是非常特殊的一种，它几乎是唯一一个诞生于民间，却并没有获得真正雅化的乡土艺术，它也从未真正走进这个国家的主流知识分子审美体系。京剧、昆曲、黄梅戏等民间曲艺，都慢慢走向了雅化和文人化，只有二人转始终保持着粗粝而浓烈的土地性、原生态。它也是唯一一种在电视时代和网络时代被迅速、广泛传播的民间艺术，再没有其他曲艺形式，能像二人转及其衍生品这样获得整个国家媒体、网络媒体、自媒体的传播和推广了。谈到这一点，不得不说，艺人赵本山起到了十分关键的作用。赵本山借助央视春晚舞台，推动二人转从一种地域性文化变成了一种"国家性通俗文化"，它的投名状正是笑声和掌声。赵本山退出春晚舞台很久之后，人们仍然怀念多年前大年三十晚上他的压轴演出，有关卖拐、白云黑土等的小品被剪辑成各种段子，活跃在各视频网站里。

其实，二人转的产生在本性上是悲苦的，即便其中包含了无数的幽默元素，但特殊的悲苦才是它最动人的底色。在北方，每当冬日来临，即便是号称"长春"的城市，也一样显出灰突突的萧瑟之气。树木枝叶落尽，大地露出斑驳本相，就连天上的太阳也只能是暗淡昏黄，加之风雪冰霜时而相逼，一切都显示着生命的负面色彩。更何况生活自身的艰难，亦令人只想痛痛快快地喊上一嗓子，以舒胸中闷气。这种环境里诞生的艺术，本质上只能是悲剧，也正因为如此，它要在语言和形式上表现出超出日常的热烈，大红的裙子大红的棉袄、动作夸张的秧歌、吵闹的锣鼓喇叭，每一样都如同宣言：天地萧瑟啊，我必须热烈。

但赵本山借小品把悲剧外化为一种喜庆形式，锣鼓喧天，鞭炮齐鸣，强化了二人转和东北文化里欢快的一面，消解了悲剧性因素。这是一种"话语暴力"，也就是借助强化甚至夸张化的细节和语言，让观众不由自主地发笑，甚至沉溺于这类笑声之中。二人转演员们一直在宣称他们当年是站在四轮车上的草台班子，一个村一个村地露天演出，这的确是它的土壤。但现在，二人转离开了土地，主要战场转移到了舞台上。先是各种晚会，继而是中国电视台越来越多的喜剧类综艺节目。原来的二人转，内容上主要是生活场景，而现在它早已经突破了原生内容，各种戏谑性和无厘头的改编充斥其中。作为二人转核心的"唱"这一个部分，已经被"演"所替代。当下的二人转演员，开始注重各种绝活：飙高音、模仿秀、翻跟头、大劈叉，开始使用各种夸张的表演方式，并没有多少人真正去唱。或者说，二人转正从原来的话语暴力走向身体暴力，无声被笑声和惊叹声代替，熟悉被陌生化和震惊化代替，真切和朴素被夸张和戏谑代替。

在松原的这场二人转演出里，我同样没有听到一首真正的二人转，而是见到了各种洒狗血的搞笑桥段、煽情、飙高音、黄色段子,但让我真正印象深刻的是它的赞助商,竟然又是一个二手车行。主持人每隔十几分钟就要刷一下二手车行的广告,每一次广告中的扬扬得意都像是宝马和奔驰在做宣传。这也是正常演出的逻辑。如果从文化分析的视角来看,似乎可以认为,东北文化里存在着强烈的而且是直接的意识形态"询唤"性,或者说,它在本质上与意识形态的构成逻辑是一样的:通过各种通俗的仪式,询唤出人们内心深处对于笑的欲望、对奇观的窥视欲望、对伦理和阶层禁忌的违反快感。

在松原,我的另一个观察所得似乎更具有普遍性,那就是麻将在人们的日常生活里扮演了极其重要的角色。麻将应该是中国参与人数最多的一种日常娱乐。人们在无事之时,总会凑到一起打麻将,当然有很大一部分人以此进行赌博。我所听闻的,只是在小村子里,有时一个晚上就会有几万块的输赢,那是一个农村家庭辛苦一年的全部收入。有一些赌棍,春夏时节拼命插秧、收割,有限所得不愿花在治病和改善生活上,竟然只是为了在冬日里迅速地把自己的劳动收入输掉。年复一年,循环不止。有人甚至输掉了一家年收入几十万的稻谷加工厂，机器仍在轰鸣，稻子依然在一粒一粒地变成白米，但这一切已经与他无关。

许多人在年节时见面的第一句话，并不是吃了没或过年好之类，而是问：昨天玩了没？这种消遣的流行和泛滥，与东北漫长的冬季有关系。当寒冷降临时，几乎没有什么劳作在室外进行，人们只能聚在一起喝酒、打麻将消磨时间。而麻将桌上单纯的输赢显然不能长时间填充这种无聊，加上金钱作赌注就变得不可避免。一般人家自己家里也会玩，赌注很小，那时候气氛就比较轻松愉快，因为你知道自己即便输掉钱，也是到了亲朋的口袋里，这种输赢实现的常常是一种熟人交际和节日谈资。

在我老家，玩麻将的很少，流行的是扑克牌，扑克牌里最流行的玩法是打升级。这种玩法不适合赌博，因为经常打了一个下午，还没有一组人能"通关"。过年的时候，也有人用诈金花的方式赌博，但一般情况下仅限于春节前后的一周到十天左右的时间。每年腊月二十三之后，会有人约在某个爱热闹的人家里打牌。平时节俭而吝啬的主妇们，此时常常会拿出几百块钱给自己的男人，让他们去玩玩，赚了固然好，输了也可原谅，因为一年只有这一次机会,这是对他们辛苦劳作的某种奖赏。

我在想,热衷于打麻将和热衷于打牌的区别在哪里呢?老家和东北在那么多相似之外,有了这样一种不同,原因何在?老家当然也有巨额赌博,但不是用麻将来赌。只是在我认识的人之中,就有一个表弟,曾经因为赌博输掉上百万的金钱,还蹲了几年牢房。在村里,赌博的确实是相当少数的人,一个村里至多一两个,其他大部分都只是过年时玩一下。我所能想到的原因是,老家这个地方因为地理和历史的原因,讨生活实在过于艰难了,人们更相信没有捷径可以致富,实在舍不得把辛苦赚来的那点钱轻易输掉。或者说,他们在内心深处觉得运气这件事不可靠。

这一切都令我想起长春出租车顶的广告:一部分是锁,一部分是开锁。这似乎可以看成东北文化的一个隐喻,它自身也是不断地锁住然后打开,只不过开锁用的并不是这把锁本来的钥匙,而是其他的东西,就像……人们需要车,但倾向于选择二手车;人们走进剧场,看似是而非的二人转;人们摆好麻将桌,消耗身体里剩余的那点能量。

哈尔滨·四平：喜剧的忧伤

二〇一五年十月，我跟着单位去参加第四届新浪潮诗会。诗会在张家界，中国南方奇异的山水让人大开眼界，更有烟笋、腊肉、土家族的歌谣，一切对我这个北方人都新鲜而热烈。最后一天返程的午饭前，我接到了一个纪录片导演朋友的电话，他说他们准备做一个片子，航拍中国的省市自治区，问我是否有兴趣参加撰稿。我觉得很有意思，便说可以，回去见面聊。

回到北京碰头，导演希望我先写一个样稿，目标选为东北的黑龙江，而样章以哈尔滨为切入点。接到任务之后，我便开始在网上搜寻所有有关哈尔滨的资料。这真是一座有故事的城市，但它的故事并未实现足够有效的文学化。尽管有迟子建等一批作家一直在书写，但哈尔滨却始终没能获得上海、西安、北京这样的城市文学形象，谈起文学中的哈尔滨，我们仍然只有一个模糊的印象。老道外、索菲亚大教堂、中央大街、冰雪大世界、格瓦斯、张作霖张学良、闯关东，我在网上所能找到的大都是这些符号性的东西。稿子虽然一改再改，我却始终无法进入这座城市的内部。我获得的只是一个纸上的哈尔滨，我知道这里有远东最大、保存最完好的犹太人公墓，完全按希伯来教规埋葬死者，以使他们获得灵魂的安息；我知道索菲亚大教堂的建立和中东铁路的建成通车有关系；我知道中央大街是用俄式的方石铺就的，一块石头的成本是一块银元，在当时，一块银元能请人吃一顿涮羊肉；我知道格瓦斯和哈尔滨啤酒；我知道冰雪大世界……但我仍然不知道哈尔滨是什么样的。

二〇一六年秋，也是因为单位出差，我第一次到了哈尔滨。

从机场出来后，直接被接到了郊区的伏尔加庄园。我只在车窗的倒影里见证过一些带着异域风情的街景，而庄园里虽然有俄式建筑，但本质上仍充满中国气息。能让人感觉到此处临近北国边境的，是餐厅里成排的伏特加和格瓦斯。那是一个中俄文学论坛，晚餐时中国人、俄罗斯人、在中国的俄罗斯人和在俄罗斯的中国人聚在一起，喝的不是伏特加，是中国的白酒。俄罗斯人频频干杯，谈兴很高，我头脑中始终在恍惚着《战争与和平》《罪与罚》、契诃夫、普希金文学作品中的人物形象，但同时也浮现着列宁、斯大林的影子。我感到他们和我眼前的俄罗斯人都像是哪吒，同一个身体上长着三个头颅，每张面孔都是不同的表情。

夜晚，我和两位翻译家避开了一个不知所谓的会议，走在黑暗的庄园里。这里的确幽静，偶尔能看到一些俄式的雕塑或建筑，但在夜空下只余浓黑的影子。我跟自己强调，这是哈尔滨，而且，这既是又不是萧红《生死场》《呼兰河传》里那个"忙着生，忙着死"的哈尔滨，也既是又不是迟子建《白雪乌鸦》里的哈尔滨。

尽管东北的经济一直没有起色，也没有建构起文学形象，但哈尔滨却逐渐塑造了自己在影视剧中的形象。仅这几年，以哈尔滨为主要故事背景，反响很大的影视剧就有《剃刀边缘》《少帅》《和平饭店》《无证之罪》《白日焰火》《悬崖》等，二〇二一年，更有张艺谋拍的《悬崖之上》，这是多年来这座城市第一次在大荧幕上被如此清晰、直观地展示。这些影视剧大致分为两种类型，其一是历史剧，因为哈尔滨在一段历史时期的特殊性，相当一部分谍战剧在这里找到了绝佳的故事环境。第二部分为犯罪片。在《无证之罪》里，你能够看到如今的东北景观：寒冷、雪、瑟缩的人们、街边小店、黑社会、警察……似乎这样的环境更容易激发人性中恶的部分，并且有利于塑造影片的冷酷色调。那些曾经作为东北标志的元素已经被悄然替换了，这个东北正陷入一种奇特的境遇中。

二〇一八年暑期，我带着家人再到哈尔滨，两天两夜的行程里，竟然写了四首诗。我们住在中央大街附近，每天都要在这条街上走几个来回，给女儿买正宗的马迭尔冰棍，看满大街商店卖的红肠和大列巴。但真正让人印象深刻的是在东北虎林园，开游览车的司机不断兜售着活鸡活羊，希望游客出钱买来，投掷到虎园里，欣赏东北虎们的撕咬。还有虎林园的某处，两个女性工作人员抱着两只幼小的虎崽，充满好奇心的游客们掏钱跟虎崽拍照留念。工作人员面无表情，两只虎崽松软无力，只有游客带着安全感的惊奇尖叫和拥挤的排队声。女儿感到新奇，也想去拍照，被我坚决制止了。对她来说，这一切还只是好玩，但我无法这么简单直接地接受这件事。动物园真是人类最奇特的建筑之一，它用人为的方式，模仿自然，圈养动物。我们在假装享受和猛兽的亲密接触，而本质上是在展示人的权力。

在虎林园

在东北虎林园

司机不断推销死亡

一只鸡八十

一只羊一千二

还有套餐组合

车外撕咬的老虎

哪里知道

它们每天吃的

不过是人类

血淋淋的好奇心

但是，世界毕竟如此复杂而丰富，时代又是如此不可捉摸，东北作为一块历史悠久的土地，不会仅仅提供二人转和东北虎，现代性的其他因子同样在这里生根发芽，尽管这种进程显得艰难异常。二〇一二年，一部由吉林省四平市人民剧院的几个二人转演员拍摄的网络视频《四平青年》火爆全网，随后四平市文化广电新闻出版局认为该视频有抹黑四平市的嫌疑，要求人民剧场辞退所有剧中演职人员，删除视频，成为当年较为重要的文化事件之一。

《四平青年》的意外火爆，既与新世纪第一个十年后中国互联网的勃发有关，更是中国后现代文化的一次应激反应。如果说，九十年代和新世纪初，大陆青年人的后现代情绪主要借助周星驰的无厘头喜剧来做镜像化的表达，那么《四平青年》完全可以看作是在这种情绪滋养下，底层青年由日常生活生出的一种反叛。根据百度百科的介绍，《四平青年》的内容简介是这样的：《四平青年》作为一部史诗乡村电影，讲了这样一个故事，一个叫作二龙湖浩哥的郊县青年，带着几个兄弟在玉米地里骑摩托，本来是去找人寻仇，却在路上偶遇一个漂亮姑娘，由此忘记了寻仇，开始到四平市区寻找这个路上遇到过的姑娘，进而被卷入一场不太上档次的"帮派混战"中。在这个百余字的介绍里，我们已经可以窥见其来源：香港黑帮电影、城乡接合部生活、网络视频。

但是，如果注意到这些演职人员的身份的话，我们可以得出另一个层面的结论，即这部作品是对近二十年来大肆流行的赵本山式二人转的一种抵抗。而且，这部片子展现了一种"真实"的东北青年日常生活，也就彻底颠覆了二人转和赵本山的电视剧所建构起来的东北乡镇生活。赵本山的电视《马大帅》虽然在细节上有很强的现实特征，但始终在描摹东北人的表象而非本质。本质是什么？或许是一种建立在迷惘基础上的寂寞，但心里又始终酝酿着要干点什么的情绪。如今，《四平青年》的导演已经成了一名真正的导演，接连几年拍摄只在网络播出的电影，且点击率不错，票房不菲。他还与官方合作，拍摄了一大批普法网络段子，他在其中总是扮演一个标准的"笨贼"。

当年那个被开除的人，如今成了一种文化未被命名的代言人，这本身也足够悖论。

这是喜剧，也是一种喜剧的忧伤。

赤峰·林东：青春长途

前面提到，林东所在的赤峰市，曾经有一段时间被划归辽宁省，但后来又被划到了内蒙古。我老家的口音、生活习性、风俗等许多方面，确实都留存着浓厚的东北文化的痕迹，但又很难说是真正的东北。我们在东北偏北。所以，我所认识和理解的东北，恰恰在东北之外，但又在东北之内，所以写东北，不能不写到我生长之地。

我对赤峰没有作为家乡的好感，造成这种认知的原因是一次客车事件，过去十几年了，我依然无法对这件并未造成任何直接后果的事件释然。二〇〇二年，我又一次坐上了林东的长途客车，比两年前，这辆车没有那么破旧了，而我也不再是第一次出远门的懵懂少年。因为没买到直达的长途票，我依然要去赤峰转车，这一次的目的地是北京。赤峰到北京的火车票已经售空，我只好再次转战长途汽车，我买到的那趟车，是卧铺长途。

　　汽车从赤峰站出发后，行驶不过几十分钟，停在了一处路边，很快有另一辆大巴开来。我们被赶下车，几个二十几岁的青年从车底厢里掏出长条木板，把木板架在两层卧铺上，这样整个汽车就形成了上下两层大通铺。另一辆车上的几十个人，被安排在我们的车上。我对这种肆无忌惮的超载感到一种恐惧。我问一个小伙子，为什么要这么做。他说，你管那么多干吗，把你拉到北京就行了。我说，我买的是卧铺票。他说，这不是卧铺吗？我说，可这是大通铺。他有些恶狠狠地看着我。我不可能就此离开，因为再没有其他途径可以送我到北京了。我悄悄地记住了他身上工作牌上的姓名和号码，说："我记住你的名字了工牌号码了。""哼，"他说，"我们赤峰的车就是这样。"

　　谢天谢地，我们在拥挤如沙丁鱼罐头的汽车近十个小时的摇晃下，终于抵达北京新发地长途汽车站。我躺在车上一夜未睡，既因为太过拥挤，也因为心中始终不安。汽车行驶在承德附近的盘山路上时，我看见一个拐弯处，防护用的水泥桩已经断裂，一辆惨不忍睹的大巴车躺在山坡下,旁边是发抖哀痛的人影。

长途客车是我大学时期有关路途的最切身经验。从林东镇到北京,每天都有一趟,年节时是两三趟,我大部分进京、回家都是坐这种车。那时的长途车,并不像大城市里的旅游大巴,座位舒适宽敞,有空调和暖风,它们座位狭窄,冬天冷夏天闷热,超载更是家常便饭。大概下午两点从林东镇出发,四五个小时后,汽车会路过赤峰,从城市边缘滑过,然后往承德方向行驶,到北京时约凌晨两点。最早的时候,西直门有一个长途客运站,到这里离北师大就不远了。但后来,林东来北京的长途改到了新发地(卧铺)和六里桥(座),下车后黑咕隆咚,连出租车也打不到。我每次都是等到天亮,然后倒几次公交回学校。

不管是来京还是返乡,林东镇的长途汽车都会在半路停下吃饭,为了安全,所有人都被赶下车。公路的一边,有一家专门服务长途汽车的赤峰饭店,简陋、脏,只提供最简单而难吃的快餐。当然还有热水,但只有买了他家泡面的人才能使用他们的热水,否则要收钱。司机和乘务员会进包间,厨师现给他们做几个小炒,我逡巡在挤满了人和泡面、炖酸菜、尖椒豆皮味道的大厅里，能隐约嗅到小炒的香味。我总是吃一点面包和火腿肠，喝点矿泉水，也不敢喝多，因为只有这一次上厕所的机会。

黑黢黢的饭店外，停了四五辆长途客车，人们挤在屋檐下抽烟，说话。马路上不时有一辆拉货的汽车或客车鸣叫着快速驶过，那里面同样是疲惫的旅人。在这里，最艰难的是两件事，第一是厕所。厕所建在饭店后面的一个小坡下面，极其窄小简陋，因为使用的人过多，厕所里已经遍地屎尿和卫生纸，冬天的时候，冰冻的黄色尿液时常让人滑倒，而夏天，令人作呕的气味和密密麻麻的蚊虫苍蝇也让人难以忍受。男人们总是更方便些，常常背转身，对着一片空旷的田野就尿了。女人们连这样的厕所也要排队。

第二件事是，你会担心自己因为各种小事而误了车，或者坐错车。因为天很黑，因为人在旅途浑浑噩噩，因为所有的车都长得很像，有人要去北京，结果误上了一辆回赤峰的车。有人从厕所里走出来，发现自己的那班车已经开走了，惊慌失措，后来花了高价再苦苦哀求，才让下一趟去同样目的地的司机同意搭载他，但他没有座位，只能蜷缩在行李厢里。我和这个人坐在赤峰长途汽车站附近的一个小店里，他哆哆嗦嗦地问能不能用下我的手机，我犹豫着给他了。他是打给妹妹的，他们本来乘的是同一辆车，但他中途没上去。"司机把行李厢门关上的一瞬间，我觉得自己完了，要死了，"他心有余悸地说，"可是我只有这一个办法才能回家，否则我也得死在路上。"从遇到这个人之后，再坐长途车，我总是死死记住自己那辆车的某个特征或车牌号，盯着司机和乘务员，当他们从饭店的包间里叼着牙签出来时，我便再也不去任何地方。我对老家和赤峰的人们不够信任。

但这一切已经被改变。京沈高铁已经在二〇二一年通车，这之后，从北京到赤峰只需两个小时，从赤峰到沈阳也只需两个小时。高铁的开通应该会带动赤峰的旅游和经济发展，当然也必将改变包括林东在内的赤峰的许多日常。时间和空间是塑造我们日常景观的横纵坐标，而高铁使用科技改变速度，也就改变了时空，进而改变了我们的日常生活。以后的青年人，再从这里去任何地方，都会有更多更便利的选择。

他们获得了目的地，失去了自己的长途。

一九九五年，我从乡里的初中考到了林东镇的高中，世界作为一个图景缓缓打开了一角，我身上固有的乡村性逐渐被现代气息浸润和替代。小镇里有很多录像厅、台球厅，还有大众浴池。我有一次跟同学去大众浴池洗澡，一个方形的大池子热气蒸腾，十几个年龄不一的男人在里面，自己搓或互相搓着身体。水池里的水已经浑浊，能看到漂浮的皮屑和油泥，但人们仍然贪恋那种潮湿和温暖。我第一次来这种地方，对于闷热和空气不流通很不适应，感到缺氧而头晕，几乎昏倒在浴池里。

小镇青年们在台球厅打台球，然后去大众浴池泡澡，把身体上的泥垢洗掉，再去录像厅看录像，通过荧屏看见美国、日本和中国香港等地的故事。这些地方扮演的不只是九十年代中国北方乡镇的休闲娱乐场所，还是社交场所，人们在这里结识朋友、谈恋爱，也谈生意、聊事情。有关这个小镇的故事，我专门写了一个小长篇《小镇简史》，但小说毕竟有未竟之言，需要用其他方式讲述一番。

我在小镇前后待了六年，从十五岁到二十一岁，可以说整个青春期都在这里度过了。如果说，老家所在的乡村塑造了我精神的基本底色，那林东镇则帮我构造了对于世界的基本想象。就是在这里，我看到了真正的阶级差异，尽管没有特别富有的人，但我的同学们还是很容易地就分成了几个阶层：家在镇里的有钱人，家在镇里的普通人，家在乡下的有钱人，家在乡下的普通人。一辆自行车、一双旅游鞋、一本卡通漫画，就能将此区分。已经是我读高中的第五个年头了，我依然对一个同学的爱好感到震惊：他用攒下的零花钱，坐长途汽车到赤峰，只是为了到书店里去买自己喜欢的日本漫画。这完全超出我当时的想象。也是在这里，我找到了一个新的空间，租书亭。我读遍了镇子上几个租书亭的所有书，饥不择食，武侠、言情、玄幻，甚至还读了为数不多的纯文学作品，包括盗版的《平凡的世界》《鲁迅文学奖获奖作品集》，甚至莫泊桑的《一生》《漂亮朋友》。

另一个就是录像厅。在九十年代，录像厅几乎遍布所有的中国小镇，年轻人聚集在狭小而黑暗的屋子里，透过十几寸的电视机，观看来自美国、中国香港的电影，当然其中也有很多色情片。色情片通常只为熟客播放，而且是包夜，也就是一部分人出钱，整夜看录像。这时候，老板就会拿出一部分色情片，放在录像机里。年轻人看得血脉偾张，难以自持。我有几次跟同学熬夜看录像的经历，一整夜的打打杀杀和刀光剑影让人精神虚脱，第二天清晨从录像厅走出来，面对晨曦头重脚轻。我们摇摇晃晃地走在小镇清冷的街道上，有时停下来站在路边撒尿，找刚刚开门的包子铺买两个包子吃下去，回到学校宿舍，在床上躺到下午，梦里仍然是《英雄本色》里的枪声。

现在，这一切都已经消失了，也意味着一代年轻人的青春岁月随之流逝，值得怀念，但并不值得留恋。时代和社会总是在自身的节奏中快速发展，不会管身在其中的人们是否跟得上。我每隔一两年回一次小镇，总能看到许多变化，高楼、街道、汽车，一个小小的镇子已经开始堵车。这些变化并不新奇，几乎中国的所有小镇都在以同样的方式进化着。

但我们更要看到，中国之所以为中国，的确在于它的"地大物博、人口众多"，这保证了这块土地永远具有无限的可能性。在林东镇，那些因为惯性而具有的和东北文化相似的保守和顽固，依然强烈，但有一部分人开始思变。我的一个初中同学，曾经在政府部门做财务工作，后来主动调整，去做招商。他几次到北京来跑项目，跟我匆匆见面。一起聊天，他介绍说，林东正在规划一个上百亿的辽上京复原项目，但投资和政策却还未定，也并没有想好辽上京建成后如何运营的问题。而且，我们有着同一个担心，即便这个项目顺利开工，但一旦主事的领导换了呢，有多少继任者愿意继续完成前任的项目？他能够思考这些问题，在我看来，正是小镇的进步。

不过一个小镇，房价已经达到了三千元一平以上。对于大城市来说，促使房价上涨的重要因素是地价高，但对小镇来说有的是地，房价却也很高。我后来了解了一下原因，那是因为整个小镇的楼房几乎都是一个房地产公司盖的，他们一家独大，自己定价，人们只有一个选择。春节回乡，林东镇街道两边到处都是空荡荡的楼房,而且能看见仍然有无数的楼在建。我问朋友,这么多楼房,能消化吗?"先盖起来再说,"他说,"咱们的农村现在跟东北的很多地方一样,结婚时要在镇子上买一间楼房,除了老人没有人愿意住在农村了。"

确实,妻子老家的松原地区,也是如此。在市里有楼房,已经某种程度替换了"彩礼",成为组成一个家庭的硬件条件。看起来,买楼比彩礼要更合情合理一些:它毕竟是双方婚姻生活的基础,再考虑到孩子的教育问题,这笔投资显然是值得的。农村的人的确越来越少了,父亲所在的小学,现在一个行政村、五个自然村的幼儿班,一个班里最少时只有四个孩子。姑姑家的表妹,高中毕业后考上了一所专科学校,但她不想去读。二十岁,她成了一个自由人,谈了男朋友,需要自己养活自己了。我问她将来要做什么。她说还没想好。姑姑说,她和男朋友过完年后就去林东,希望能在那里找到生活之路。人们正在抛弃农村,新一代人的青春,与我这一代人的青春,已经完全不同。

对于老家所在赤峰和林东,我永远保留着坐长途客车的感觉,或者说,家乡所在的东北偏北,恰如一辆已经启动的汽车，目的地模糊，路途不明，但马达不会停止，这辆车将和这个国家一样，快速地开向茫茫的未来。

东北或东北偏北：无证之罪

让我们再次回到真正的东北。

在共和国的历史上，东北曾被描绘成一片神奇的土地。这里土力肥沃，沃野千里，北大荒在"上山下乡"的知识分子那里，被描述为"棒打狍子瓢舀鱼"。而长春、沈阳、大连等几座东北城市，在新中国的工业史上熠熠生辉。现在看来，它的历史有多辉煌，它的原罪就有多重。写到这里，我脑海中蓦然浮现"无证之罪"几个字。对于东北如今的困境，对于东北人现在面临的种种指责和自我压力，似乎能找到无数的原因，但又恰恰不能以"罪"的名义指证任何一条，如果有，那也只能是命运所赋予的"原罪"，原罪就是没有原因的罪，是天生的罪。

东北在很长一段时间，享用了这个国家集体经济时代的利益和殊荣，这又为它在另一个时代的失落和失败埋下了伏笔。

在二〇〇一年的纪录片《铁西区》的开场，一列小火车行驶在落雪的沈阳工业区，雪花从车窗外缓缓落下，九十年代的人们穿着棉衣缓缓从车前走过。在二〇一七年大火的网络剧《无证之罪》的开头，则是一个哈尔滨的雪夜，整部电视剧都充斥着北方的寒冷气息。两个城市，两个大雪飘落的场景，像是两个相隔十六年的寓言，映现着东北的某种变化。

作为共和国的长子，东北在很长的一段历史时期里的确具有优越性，但随着改革开放的发展，这种集体主义、国家意志的工业化在产业升级中迅速落伍，或者说它们曾得益于集体主义和国家意志，也失意于此。

集体主义时代的辉煌消失之后，无数人被甩出了运行轨道。下岗改变了上亿人的命运。其实，随着下岗再就业消失的，还有中国的"工人阶级"。当然，作为产业工人的群体依然存在，但作为一个文化阶层却消失了，我们现在叫民工、底层、矿工等，很少再用"工人阶级"

这个词语。在二十世纪初,曹征路的小说《那儿》所表现的,恰恰是工人阶级的消逝和打工阶层的出现。称谓有时就是真相:"工人阶级"代表着一个阶层在整个国家的政治、经济和文化秩序中的地位,而"打工阶层"则只具有经济功能,不再是国家意识形态体系的天然组成部分。在集体主义时代,一个大工厂相当于一个小城市,它不仅是生产性的,更是生活性的,它有幼儿园、医院、商店,能够解决职工生老病死的几乎所有事情。

东北的生活如此鲜明却又如此复杂,它一方面受制于自己的过去而经济滞缓,但另一方面这里的人们又的确带有天生的乐观精神。就像网上的一句戏言,现在东北的重工业是烧烤,轻工业是喊麦。根据陌陌发布的《2017主播职业报告》显示,全国的所有男主播里,63%左右来自东北,东北女主播的比例也很高。当这个国家的知识分子正在为《朗读者》《中国诗词大会》等高端文化节目热播欢呼时,在中国更为广泛的基层和民间,随移动互联网而勃发的快手、抖音等新媒体,正在滋生和养成一些全新的文化形态。喊麦、直播是其中的代表。所谓喊麦,其实就是一个人通过网络直播的方式与陌生人沟通，而各种网络直播的红火所映照的恰恰是：何以有如此多的人需要观看别人吃饭、跳舞、唱歌、说话，并以此确认自己的生活是有意义的？

一人我饮酒醉

一人　我饮酒醉

醉把那佳人成双对

两眼　是独相随

只求他日能双归

娇女我轻抚琴

燕嬉她紫竹林

痴情红颜心甘情愿

千里把君寻

说红颜痴情笑

曲动琴声太奇妙

我轻狂那太高傲我懵懂那无知太年少

弃江山

忘天下

斩断了情丝无牵挂

千古留名传佳话

我两年征战已白发

一生征战何人陪

谁是谁非谁相随

戎马一生为了谁

我能爱几回恨几回

败帝王

斗苍天

夺得了皇位已成仙

豪情万丈那天地间

我续写了另类帝王篇

红尘事我已斩断

久经战场人心乱

当年扬名又立万

我为这一战无遗憾

相思

我愁断肠

眼中我泪两行

多年为君一统天下

为的是戎马把名扬

这曾是喊麦界最红的 MC 天佑的一首歌，一首真正没有歌词的歌，或者也可以说，这是一首真正有歌词的歌——我的意思是，它只有歌词，没有成型的曲调，也丝毫不附加一般的歌曲所追求的"意义"。这是索绪尔语言学里那种彻头彻尾的"空洞的能指"，也就是超级能指。听歌的人，需要用自己的肉身去填充歌词撑起来的那个"虚空"，而唱歌的人所采用的节奏感，本质上更像一种咒语的吟唱。如果说龚琳娜的《忐忑》整首歌只有两个字，但仍能表达出不同的情感和情绪的话，这首歌里的每一个字都既在反对自身的意义，又在反对整首歌的意义。对于数以千万计的空虚青年来说，只有虚空能填补空虚。需要注意的是，这些青年并非之前所认为的只是农村或乡镇青年，也包括许多是城市青年。在这一点上，城乡之间的精神鸿沟被填平了。

在东北，洗澡是另一种文化，不论是高档一些的洗浴中心，还是普通的公共浴池，都可看作东北人的重要生活空间。洗去身体污垢只是洗浴中心的部分功能，甚至只是一个"名义"，这里更重要的是提供全方位的休闲，电视、茶室、自助餐、搓澡、捏脚、大保健，甚至可以过夜。公共浴池里，收纳了许多家里没有淋浴设施的乡下人和部分城里人，他们相约一起去泡澡、淋浴，找人搓一个海藻泥或牛奶，然后带着共有的气息到小饭店喝几杯。

因此，一个独特的现象是，只有在东北，当人们说"我请你去洗澡"的时候，这句话指向的是一种社交方式。这种社交不仅仅是人们的日常，在前几年的网络热播剧《屌丝男士》里，由东北人乔杉扮演的角色，其核心的身份设定就是洗浴中心的人。和赵本山把二人转带进春晚、推向全国很像，乔杉也凭借网络时代的网民对通俗文化的接受，把洗浴这件事"文学化"了。一项民间活动，不管是文艺性的还是生活性的，只有被"文学化"之后，才能纳入这个社会的公共表达系统里。

从以上两个例子来看，在互联网和新媒体时代，东北参与的方式如此独特，的确值得让人深思。这不仅仅是东北的问题，也可看作是整个中国乡镇社会的问题。因为我们面临着一个巨大的错位，当温饱解决、经济上得到一定保障时，乡镇社会的文化生活和休闲却是极其空白的，而与此同时网络和自媒体的快速发展，让乡镇人获得了和全世界人一样的手机、网络。那些掌握媒体话语的人所展示的东西，对他们来说都带有虚假性，因为他们急切需要和自身的生存状态、知识水平、文化品位相适应的文化产品。在城市里，广场舞都被知识分子看成一种庸俗的活动，而在乡村，连广场也很难以得到满足。特别是对青年人来说，他们必须找到一种方式去参与这个时代和火热的生活，他们必须获得关注或者去关注同类人，以此来确立自己的生存空间和文化空间。这是整个社会的野蛮生长所带来的"失重"，但在东北表现得尤为明显。

正如我多次强调的，我们无法把一个国家、一个民族、一片土地人格化，尽管在心理认知上我们又不得不把它们人格化。所以，所有的提问最终会归结为一个问题：当我们在说东北的时候，我们是在说什么？我们潜意识里会认为，东北是一个有着主体性、有着人一样自我意识的统一体，然而它既不是标准的共同体，也不具有真正的自我意识。当一个人发现自己走错了路，做错了事，可以有无数方法停止、转向、改变，但是一个省、一个区域就不那么容易了，因为它的广大和复杂，因为它受制于千千万万具体的人和事。而我这篇拉拉杂杂的文章所写的，也不过是一个被某种不明确的文学逻辑和观察视角所构造的"东北偏北"。

伤痛叙事

漫山遍野的人啊

你们为什么活着

为了像庄稼吧

能生在土里

风吹来的时候

就晃一晃

一　伤别离

二〇二〇年一月二十日，己亥年腊月二十五，是一个周一，离庚子新春还有五天。

万事如常，欢乐的人重复着他的欢乐，苦难的人继续承受着他的苦难，更多人在平庸的生活中假寐如真睡。

你亦如此。

你按时下班，和平常一样，进同一节地铁车厢，和拥挤的人群一起刷着手机。几条有关武汉的新闻让你心里一惊，这已不是第一次看见相关信息，但同时也有其他新闻迅速抢夺你的视线，提供安抚、宽慰和消解，你自然而然地滑向一种思维惯性：这个世界总在出这样那样的小问题，但总体情况尚好，明天太阳会照常升起。

出地铁时，天已灰黑，街头灯火闪烁，让夜晚多了人间的喧闹和温情。你贪恋这吵吵嚷嚷的烟火气，不免驻足，盯着十字路口看了两个红灯的时间。前些年，你在另一个单位上班,离得远,常常清晨五点多出门,就因为喜欢曚昽中透出清亮的晨曦,如果加班晚归,你也沉醉于万家灯火里的孤身夜行。对你而言,清晨和傍晚,是一个城市最可爱的两段时光。

你步行回家。因为住在一个不太正规的小区里,每到此时,院内总是拥挤不堪,身边不时驶过的车辆令人烦躁,而单元门前加装的电梯已经停工半年,一大堆器材高高地摞在一起,挡住了门口的视线。上楼,声控灯慵懒地亮了几下,又灭了。好在这里你已走过上千遍,闭着眼也能摸到家门口。熟悉有时是一种束缚,有时又提供特殊的自由。

教高三的妻子前天刚结束课程,女儿的幼儿园则早已放假,她们今天一整日在外活动,也才回来不久。你推门时,她们刚在客厅里做完游戏,正要去小卧室的书桌旁写作业。再有半年时间,她即将告别幼儿园,步入小学阶段,不得不做些学前准备。

你记不清是临时决定还是早有计划,那天晚上要吃羊肉馅水饺——羊肉还是秋天时母亲从老家带来的,一直间断性地满足着你们的味蕾,这种欲望无关乡愁,只关口味。你从冰箱的冷冻层拿出一块肥瘦相间的羊肉，长久的冷冻让它布满冰霜，并且最外面的一层因为失去水分而显得有些干瘪。没关系，多年的下厨经验告诉你，只需用刀把这一层薄薄的、纤维化的肉切掉，里面仍然保留着纯粹的内蒙古羔羊肉质。这是你童年所奔跑过的山野上生长的草喂养大的，也是在你家的羊圈里从小羊长成大羊的，如果矫情一点儿，你会闪过许多类似的念头。

因为急着填饱肚子，没有足够的时间去等待羊肉解冻变软，你只能用那把钝刀使劲切向又冷又硬的肉。的确是一把钝刀，就在几天前，你还网购了一把磨刀器，把有许多豁口的刀刃在磨刀器的磨石之间蹭来蹭去。它似乎锋利了些，你并不确定。那层纤维化的肉因为水分少，所以很快解冻，很容易就切下来了，被你抛向还没开始分类的垃圾袋，跟芹菜叶、果皮、用过的纸巾掺杂在一起。接下来的部分就不那么好对付了，你小心翼翼又全力以赴，双手摁住刀柄和刀背下压，以切下一片又一片羊肉。有几次，因为肉质的不均匀，刀在艰难的下切过程中猛地下冲，砍在菜板上，咚的一声，吓你一跳。你暗暗告诫自己：要小心，不要被切到。你似乎还注意了一下羊肉的纹理，按道理，你应该顺着横纹切，但是不用管它吧，反正等一下它们会变成细碎的肉馅，毫无纹理可言。

一大摞羊肉片堆积在案板上，红白相间，渐渐变软。应该够了，你又切了一条肥肉。经验还告诉你，如果没有足够的肥肉去滋润瘦肉和芹菜，饺子馅会变得很干，吃不出你们期待的香味。接着，你把肉片切成肉条，然后，再把肉条切成肉丁。

整个过程里，你发现自己的耳朵始终分出一只在倾听小卧室里母女的对话。女儿的作业做得不顺畅，偶尔会哭哭啼啼，最近她总是如此，想尽各种办法拖延功课，这让你烦躁。有一次，你甚至跟她发火，大声地告诫她："如果不完成说好的任务，那么明天就取消游玩。"她表示抗议，有时是大哭，嘴里喊着："不公平，凭什么都是你们大人说了算？"她开始寻找和维护自己的话语权，这是成长的标志，不过，你很清楚，她的哭泣只是一种谈判策略，但还是会因此而感到无奈。一个孩子，能把自己的眼泪用到极致，而一个成年人，却常常连眼泪都没有。年近四十，你已经懂得了，能哭出来的人和事都希望尚存，欲哭无泪才是中年人的绝望。

就在所有闪念的混杂中，那把钝刀飞快地切了下去，除了羊肉，还切到了左手食指的指甲——不，不只指甲，还有近五分之一的手指肚。你看见鲜血从伤口裂隙涌出，不由自主地大喊一声："啊！"那一瞬间，你心里想的是自己把手指切断了。你飞快地把伤指放到水龙头下，试图用冷水冲掉血迹，但是这来自身体的红色液体很难冲干净，因为它们在不断涌出，仿佛被封存太久的洪水，终于找到了堤坝的裂缝。你看见水池变成了红色，继而发现血和水并不相溶，那不是纯粹的红，而是无色的水中一缕一缕的红。这奇异的红水形成小小的漩涡，流进了漏斗中。

妻子闻声跑了过来，大声问："怎么了？怎么了？"

她看见了那根红色的手指，惊恐地说："你切到手了？创可贴呢？我去找创可贴。"

这时候，你似乎冷静了下来，伤口很大很深，但手指并没有掉。现在最重要的是止血，而且你清楚地知道家里没有创可贴，但是有纱布。妻子找来纱布，你把手指裹了好几层，用大拇指摁住伤口处。血仍然在寻找缝隙向外渗透，好在速度越来越慢了。整个过程，你并未感到疼痛，即使有，也很轻微。现在，好几种忧虑从你心底浮起来，它们是同时出现和上升的，只不过存在着一定的逻辑关系：

第一，要不要去医院？现在已经是晚上七点钟了，去医院只能挂急诊。再过一天，你就要跟妻子一起回她老家过春节，却在这时把手切了，这个年还怎么过呢？

第二，你的记忆中，几年前你曾切过一次手指，同一根手指，同样的位置，不过那次伤口要小得多。你只是涂了些碘酒消毒，伤口很快就好了。但今天不一样，伤口太大了，而且菜刀的刀锋上沾满了羊肉的碎屑，你无法确定它们是否含有细菌或病毒。根据常识，你知道这样的伤口应该打破伤风。

第三个忧虑才是最重的，它托举着前两个忧虑：这个时节去医院合适吗？因为你早已在朋友圈里看到了武汉不明原因肺炎正在扩散。你经历过二〇〇三年的非典，那时候你还在读大二，被封闭在学校里近半年。或许是由于这段经历，或许是出于某种神秘的预感，你在两天前的一月十八日，已经在网上买了一批3M口罩，以备回老家的飞机上用。

这三个想法在妻子的担心和女儿的好奇中互相纠缠着，她在问："爸爸怎么了？"你说："切到手了。""爸爸你的手怎么了？我能看看吗？"她继续问。"不能看了，很吓人的。"你告诉她。

你很快下定决心，去医院，处理伤口、打破伤风，以免引起更严重的感染。多年来，你已经养成了防患于未然的思维方式，常常因此被妻子嘲笑过于小心，但你始终坚持如此。你对意外常年保持着警惕，但始终没去找这种心理的根源何在。

左手的大拇指一直在摁着食指，血渐渐止住，你用右手找到医院的诊疗卡——好巧不巧，你的社保卡前一天被单位的同事拿去办理一项医保业务，不在你手中。你又用右手滴滴叫了车，然后走出家门。幸好切到的是左手，你想，继而又觉得自己太可笑了，你又不是左利手，切到的当然只能是左手。

天已经全黑，社区路灯昏暗，居民楼里许多人家传出炒菜的声音和香味，小汽车亮着红灯右转。这个世界一切如昨，没有任何人知道，一切都将彻底改变，伤口正在流血。

车很快到了，你上车。司机看你戴着口罩，有些紧张，他也应该知晓了武汉的事。你举起手指："切菜把手切了。"他这才放下心来，专心开车。

医院很近，几分钟就到了。急诊室你来过许多次了。有一年岳母脑溢血发作，你曾在这里的楼道坐了一夜，那一夜改变了你许多生活观念，急诊病房里的夜晚，是这个世界的背面，还有几次是女儿生病，你自己或和妻子带她来这里看病，同样是焦心的经历。所以，你熟悉看急诊的全部路线和流程。急诊区在地下一层，你没敢坐电梯，而是从停车通道走下去的。你看见所有医护人员都戴上了口罩，一部分患者也戴上了，也有的没戴。此时，那种神秘的病毒对绝大多数人来说，还只是缥缈的传言。挂号窗口旁边就是急诊手术室，排队时有穿着手术服的医护人员开门，喊某某家属的名字，告诉他们病人的状况。那扇门仿佛是命运之门，进去的人都面临着上帝的裁决。

你又到诊室门口排队，这时候，感觉到口罩有些闷，但也不敢摘下。为了消磨等待的时间，也为了缓解焦虑，你用右手打开手机，看新闻、刷朋友圈。这时的新闻，和武汉的新型肺炎有关的越来越多，也越来越严峻，在医院地下一层的急诊区看，心情尤其压抑。排在你前面的是一位躺在移动病床上的老人，她不断地呻吟着，显得十分痛苦，而她身边的家属已经失去了家人发病初期的悲切，仿佛习惯了呻吟声——其实，也许只是因为对她的痛苦无能为力。医生走出来喊你的名字，然后告诉你，这个病人的病情有点儿严重，能否先给她看，你再等等。你表示同意，这时候，你已经不再急切，甚至假装忘记了手指上的伤口。

你开始翻看手机记事本，想把刚刚的一些零碎感受记录下来，并按照习惯，同时翻检之前记下的东西，对它们作出判断：保留或删除。突然，你划到了那首写于两年前的诗，情景同在今晚狭小的厨房，不过结局截然不同。

肉

那些舞蹈着的肉体，既年轻

又美丽，滴着发光的水珠

旋转，大笑，放声痛哭

那些战争中的肉体，像案板上

待售的排骨、里脊、臀尖

血凝成一片又一片，不规则图案

在厨房，我高高举起菜刀

又轻轻放下，一块冻肉

再次死里逃生

救它的，是我手指甲上

女儿昨晚贴的指甲贴，一只粉红色的

小猪正在舞蹈，完全不知道世上

有肉，和吃肉的人这回事

你记起来，那天和你的手指一起死里逃生的肉，也是羊肉。仿佛是刀俎和肉的轮回，这一次，它们再也没有错过彼此。写这首诗时，你刚刚看完冯小刚的电影《芳华》,许多人都在讨论电影里战争戏的血肉横飞,当然也讨论文工团那些美丽、年轻而充满诱惑的肉体。那年冬天,还有一部火遍全国的电影宣传片《谁是佩奇》——人们一边吃着红烧排骨、糖醋里脊,一边在手机上刷有关小猪佩奇的短视频。这些肉同时并置于一个空间里,并且互不干扰,这才是标准的现代主义,你想。而如今,据说新冠病毒也许来源于某些人食用蝙蝠,这奇怪的、一般人想起来就觉得会反胃的肉体。肉是人类的阿喀琉斯之踵。这首诗令你思绪飘忽,人类能如当年的非典一样,再一次逃过新冠的劫难吗?很显然,疫情初露端倪,此刻猜度未来为时尚早,但你天真地以为,再严重也不会超过非典吧?不只是你,那一刻甚至此后的很长时间,所有人都这么想。

二十分钟后,你终于走进诊室,给那个比你小差不多十岁的年轻医生看手指的伤口,问他处理意见。他说得很模糊——破伤风也可以不打,但是打一下比较保险;你的指甲估计保不住,但要看恢复的情况;一个月或许能恢复,可也说不准。你决定打破伤风。他又说,打进口的只需要一针,打国产的要三针,你果断地选择了一针。他给你重新消毒并包扎了伤口,然后你去缴费、打针,从地下走到地上。

现在是真正的夜晚了,车竟然不好打,你给妻子发了条微信,索性走回去。其实医院离家不过步行二十分钟的路程。这一路上,你都在脑海里复盘开头的过程,想寻找到底是什么原因让那把钝刀在瞬间变得如此锋利。我走神了,你想。但是什么让你走神的呢?是这几天你看到的传染病的新闻?是女儿的哭泣?是春节马上来临?又或者,你还有一个大胆的想法,在潜意识里,你会不会故意切到手指?只不过没有控制好角度和力度,切过头了?这种可能性此刻一闪而过,但在后来伤口缓慢痊愈的过程里,在另一种意义上,它却越来越占上风。

回到家后,你尽量轻描淡写地告知妻子情况,她稍微安心了。这一天,你们没有吃到羊肉水饺,妻子已经把肉收起来,放进冰箱里。第二天的中午,你们才吃到饺子——味道已然不同,或许是时间的延宕让肉质有了变化,或许是因为伤口影响了情绪,又或者是因为即将到来的全世界的巨变,此时已经悄然渗透到社会生活的每个细枝末节。

晚上有一个饭局,是几位关系很好的师友。你本想趁此机会好好跟他们聚一下,喝几杯酒,聊聊天,但现在你的手指在告诫你:滴酒勿碰。你如约赴宴,告诉朋友们昨晚刚打了破伤风,喝不了酒,大家都遗憾。你也遗憾,因为那天酒桌上是茅台。你们谈笑间自然也说到了日渐严峻的传染病,时至那时,它仍然没有获得名字。其中一个朋友有些咳嗽,她赶紧解释:"我不是从武汉来的。"众人再一次笑出声。

这天晚上,妻子突然开始剧烈地咳嗽,在这样的时刻,这真是令人心惊的咳嗽。你回想了她近期的全部生活轨迹,没有找出明显的漏洞,除了她的职业。她是一名高三教师,每天要接触数百个学生。除了咳嗽,她没有任何其他症状,吃了几种平常感冒吃的药,没有任何效果。有关武汉的情况一天比一天严峻,但是你们还是决定去一趟医院,竟然意外地捡到了一个呼吸科的专家号。妻子戴着3M口罩去了医院,她回来后说,你们去医院的时间,只隔了一天,防护措施已经升级,呼吸科的医护人员穿上了防护服和护目镜。稍作检查后,医生果断地排除了肺炎,诊断为普通的呼吸道感染,开了一堆药。这倒让你们更放心了些。

所以，在出发回老家之前，你们的皮箱里不得不空出一块地方，放你的碘伏和纱布、她的感冒药，以及给女儿带的一些常备药。而那个以不菲的价格买的皮箱用的是一种新型锁扣，却无论如何也打不开了，只好换一个很小的旅行皮箱，除了药品，其他的物品不得不一再压缩。这几件事令你生出不安，你仿佛预感到了即将到来的大变局，但也只是隐隐感到烦躁而已。

二　归去来

二〇二〇年一月二十二日，己亥年腊月二十八，你带着妻子和女儿，乘城铁抵达首都机场。

从离开家门的那一刻，你们就戴上了口罩。刚开始，女儿对戴口罩很不适应，特别是在城铁上，她不断想把口罩摘下来，你不断地阻止她。她不会想到，你也不会想到，几个月之后，每次下楼都是她提醒你："爸爸，口罩。"网上有人说，如果这种情况持续几年，将来口罩可能会和衣服一样成为一种生活必需品，而嘴则会变成一处私密部位，轻易不会让陌生人看见。

这一天，疫情开始笼罩整个中国，首都机场里有一半的旅客都戴上了口罩，你一会儿看见一张脸，一会儿看见半张脸。不知不觉中，看见一张脸时，你会本能地躲避。你发现，机场所有的工作人员都没戴口罩，包括飞机上的空姐空少，应该是航空局的规定。从防疫角度讲，他们更应该戴上，因为如果一个空乘人员感染，就会危及他所有的同事和相关航班乘客。

飞机起飞了，你把手机转换为飞行模式，这让你有点儿焦虑，担心看不到最新的消息，这也让你生出些虚妄的希望，或许一下飞机，问题已经找到了最好的答案。过了一会儿，空姐如常发放飞机餐，女儿对你说："爸爸，我想吃东西。"你知道，她只是好奇并不好吃的飞机餐，在几万米高空吃一个小面包，也比在陆地上吃美味的蛋糕要有意思。你虽然担心，尤其是看到周围的人都摘了口罩后，但又不忍让女儿忍受食物的诱惑，便让她摘了口罩，吃了点东西，同时许诺，下飞机后她能吃更多好吃的。

整个航程中，你的那根受伤的手指隐隐作痛，为了消炎，你需要每天两次用碘酒消毒，然后缠上纱布。它牵扯着你的部分潜意识，你常常突然举起一根臃肿的手指，其实它包着厚厚的纱布，你根本看不见它的样子。你也并不很想看见它，它总在提醒你刀锋和血液，特别是被切那一瞬间的感觉。在当时，你无暇顾及，但是之后的时间里，那一瞬竟然以一种漫长的方式悄悄潜回意识层面——那是一种凉，是血肉碰到刀锋的凉，是快如闪电的凉，是猝不及防的凉。在大气层之外，这一刻，你再一次举起它，你看见，它无意中指向窗外的虚空。你仍然没能找到受伤的更深根源——除了切肉时的心神不定，你觉得这件事或者这一刀没有那么简单，或许，它是一个寓言，是一个巨大含义的能指（多么有趣，语言学的术语翻译过来竟然刚好有一个指字），但是那个寓言的本体、那个所指到底是什么呢？手指和未来，一样沉默如谜。

下飞机后，妻弟从机场把你们接回那座东北小城。东北前段时间下了大雪，公路两旁仍然是白茫茫的一片，你在汽车的快速行驶中，想起之前来这里的许多记忆，以及和此地很像的老家。此处你已经来过多次，对一个间断性的过客而言，十年来，这里似乎没有发生任何变化，仿佛它是时间中的一块凝固之地。每次抵达时经过"松原欢迎你"的招牌，你都会想起第一次到这里的情景，那是十几年前了。想来极其有趣，那时你下车后最先奔赴的不是妻子的家或者宾馆，而是一场被后来的生活证明是错误的婚礼。那是在冬日，一间所有的县城婚礼都在此举办的酒店里，你坐在一群陌生的村民和小城人中间，看着桌子上的鸡鸭鱼肉，无所适从。这场景一直让你恍惚，以至多年后，你甚至不得不写一篇长长的文章来厘清它。

在即将抵达妻弟家小区时，你请他找一家仍然开门的药店，去买口罩。他们对这件事还没有任何戒备，在遥远而寒冷的东北，即便武汉已经濒临封城，此处的人们仍然活跃在春节前的热闹之中。买到一包一次性口罩，既是为了出门使用，也是因为妻子的感冒并未见好，后来的几天里，她连睡觉都戴着口罩，担心传染给女儿。

晚饭后，手机上的消息让你的危机感更重，而在网上买的那批口罩显示无法发货，你跟着妻弟穿过冰冻的雪路，到另一家药店——一次性口罩已全部卖完，只剩下几包价格很高本地人还没有买的N95，你果断买下。在你的坚持下，家人们形成了基本统一的意见，除了最近的一家亲戚，今年春节不和任何其他亲朋往来。

二〇二〇年一月二十三日，己亥年腊月二十九。这一天，武汉正式封城，网上信息如洪水，席卷着人们的新年气氛。你躲在小屋里，给手指的伤口涂着碘酒，包扎，然后刷着相关新闻，在周围欢闹的氛围里强颜欢笑。人们已经知道情况不乐观，不过都以为是另一次非典，甚至比非典还要轻得多，加上天生的松懈和周围人的放松，大多数人仍把身心都投入春节的狂欢里，商场和饭店中的人群可以为证。身边的人并不太明白，这条新闻意味着什么：瘟疫，封城，尤其是在除夕的前一天，新年的欢乐气氛加剧了它的悲壮感。你觉得，人们正参与一场无人愿意做观众的大悲剧，开场后所有人才发现，他们不只是观众，更是演员，要以自己全部的真实生活入戏。没错，是全部，甚至包括自己此前未曾意识到的部分。

这种情绪在除夕夜达到顶点，而你的情绪也终于在同一时刻跌入谷底，特别是电视上的联欢晚会，你没有看，但听见一个香港艺人在唱"这中国哪像染病"。你知道这是提前安排好的节目，但是此刻，中国腹地的一座千万人口的城市，已经被摁下了暂停键，无人知晓重启的时间；此刻，病毒正随着春节的迁徙大军传染到四面八方，引起更多的恐慌和悲痛；此刻，无数人告别家人亲友，赶赴疫区面对危险，她们中有人将无法生还；此刻，更多的人即将迎来她们人生中最为悲痛的时光。无论如何，这句歌词都像是一句反讽。这场大剧，一开场就是高潮：种种悲观和乐观，种种阴谋和阳谋，种种英雄和宵小，一齐在这个中国人最重要的时刻上演。微信群里有人传来一张图片，是一位解放军女战士，因为要驰援武汉，正在表情严峻地注射胸肽腺——一种可以提高免疫力的药物，这张图令你几乎泪崩。整个除夕夜，除了最必要的跟家人交谈、吃年夜饭等活动，你全部的精力都在写一首不成功的诗：

己亥除夕夜

黑暗中，能打开的灯

都在努力发光

鞭炮燃烧，烟花炸裂

电视上，一台晚会

正如常上演

你不敢看喜剧节目

怕自己

在煽情时大笑

更怕自己

在该笑的时候

哭出声来

七弦外，所有的锣鼓

都是对曾经欢愉的嘲弄

其实你一个节目都没看

你看着

北方的风雪

和南方的阴雨

这是己亥年最后的夜晚了

这也是你四十年来

最沉默的夜晚

你沉默于

对过去无话可说

对此刻无言以对

今夜,世界的大多数地方

一切照旧

只有小小的人心

一边热烈地跳动

一边疼痛地撕裂

晚会终于结束了。

两个孩子在喧闹,她们的快乐仍然纯粹如昔。你有些悲哀地发现,在这样的时刻,你唯一能求助的只有诗,只有写,写不成样子的文字。你更悲哀的是真切感知到了自己的脆弱,它来自你全部的身心,来自你对所关心、所爱的事物浓烈的情感。"为什么我的眼里常含泪水,因为我对这土地爱得深沉。"你脑海里,这句诗一直如云如雾久久盘旋,坦率点儿说,你的眼泪即将落下,但是你忍着没有掉落。看看周围,你哑然失笑:仿佛只有你一个人入戏太深。

后半夜,连准备了一个多月要"三十晚上熬一宿"的女儿也睡了,她的小脸因为兴奋和开心而红扑扑的。她睡得那么好,让你对这世界的明天更为担心。你继续刷新闻,辨别着那些文字中所隐藏的信息,窗外并没有往年零星的烟花声,而是一种和其他夜晚一样的安静。你躺在床上,伤指隐隐作痛。你一直按时消毒,除了不再有血渗出,伤口还没有任何愈合的迹象,反而因为失去水分皮肤皲裂,伤口的边缘开始卷曲,那块带着指甲的手指肚,似掉非掉。伤口在愈合之前,总是越变越丑,它让你无比烦躁,但无能为力。

你是人类里普通的一个,所以在本质上,你和大多数人一样,不管对现实多么悲观,对未来多么不确定,最终仍然在乱梦中睡去。即便在梦中,你也清楚地知道,这必定会成为你此生最怪异的一个除夕夜晚,你需要用此前所有关于除夕的美好记忆和余生的全部除夕来消解它的余烬。

醒来后,在新年和新冠的双重暴击下,你不得不考虑另外一件事:回北京是否受到影响——庚子年正月初

一、初二，有关北京即将封城的说法甚嚣尘上，虽然很快有官员出来辟谣，说北京不会也不可能封城，但三十多年的生活经验告诉你，形势永远比人强。你开始担心按照原定计划返京刚好赶上返城高峰，不得不在路上接触大量陌生人，感染风险极高。你开始考虑改签机票，提前回家。你把担忧告诉妻子，她虽然很不甘心，但现实如此，也只能同意初六回京，比原定计划早了三天。

初二下午，你和妻子坐车去她堂弟家吃饭。这是北方的一个习俗，在正月十五前，大家在各家轮流吃饭喝酒，那是辛苦一年的人们许诺给自己的奖赏，口腹狂欢缓解着身心疲惫。他们还会打麻将，要带彩头的那种，只有年节时刻，这种作为才会被当成娱乐而不是赌博。小城一如既往地笼罩在灰色的天空下，此处原来盛产煤，空气质量一直一般。这几天加上烟花爆竹，天空都是霾色，把整个气氛搞得越发压抑——当然，或许只有你一个人才会矫情地把它们联系起来。昨天，你和妻子打车去商场买东西，出租车司机谈起这里的一例确诊病人，三分之一担忧，三分之二还是分享八卦的兴奋。

在路上，你刷到一条新闻，直接说北京可能封城，你于是考虑再提前两天回京。妻子当然不情愿，但这几天她也看到了新闻，知道形势的确严峻。既然早晚要走，不如早点回去，一旦滞留在这里，你们难以想象之后该怎么办。她最终同意了，你果断买了初四的机票。你几乎是带着负罪的心态来做这件事的，妻子不愿回京，老人们不舍得外孙女，女儿刚跟小表妹玩开心，更不愿离开。但是未来是如此危险而不可捉摸，你做的最坏的打算是，如果这场传染病大爆发，除了躲在最边远的山沟与世隔绝之外，北京城或许会是相对安全的地方，毕竟那里有全中国最好的医疗条件。而且，基于你对中国社会的了解，首都会被当成一种特殊的存在去对待，它具有其他城市没有的优先权。后来的许多措施，证明了这一点，而前些年北方的雾霾，也证明了这一点。那一年，北京的雾霾最严重的时候持续十余天，人们全都陷入了抑郁状态，妻子甚至动了离开北京、搬家到一个山清水秀的小城的念头。你安慰她说："如果全中国的大城市中，有一个地方能首先解决雾霾问题，那一定是北京。"因为它的特殊性，在经济和社会方方面面，北上广深并称，但在政治意义上，北京从来都与其他三个城市不是一个层次。果然，几年后，北京的雾霾已经极少了。

回京的路途上，已经没有不戴口罩的人了，即便有的人戴的是对病毒毫无防护作用的棉布口罩。人们仿佛全都无颜见面，只留下带着戒备的眼睛。测体温，填写调查表，登机，起飞，降落。你提前在神州专车约了一辆接机车，本以为疫情严峻，会不好约，没想到出奇地顺利。你们下飞机，顺利地回到家里，终于松了一口气。这时候，北京的防控措施还很松，社区没有封闭管理，仍然可以自由出入。

你很快发现了第一个困难：没有口罩了。小区附近的药店早已买不到口罩，而你从网上订的口罩，仍然没货可发。没有口罩就意味着你们无法出门，正走投无路时，你在朋友圈里看到一个朋友发的消息：楼下药店新到口罩。你火速联系他，请他帮忙购买两盒。朋友很给力，当天就买了快递给你，第二天就收到了。这两盒口罩是规格非常高的N95口罩，你一直节省着用，到动笔写这篇文章的时候，仍然还有两只。又过了几天，另一位外地朋友打电话，问你需不需要一次性口罩，他可以分给你五十只，简直是雪中送炭。

要活着，要吃饭，要吃菜。你戴上口罩，从妻子一年前无意中拿到的一盒医用塑胶手套里抽出两只，也戴上，骑电动车去超市买东西。出了小区，经过地铁站所在的十字路口，料峭春寒的风雪迎面吹来，街头空空荡荡，天空阴灰，这个热闹无比的城市此刻竟然如你老家冬日的田野一般萧瑟。你所贪恋的那人间烟火气，几乎丧失殆尽，只留下清冷如原野。偶尔有一辆汽车快速驶过，也好像驶过战场般急忙忙的。绿灯亮起，但是你过了近五秒钟才反应过来，马路的空旷反而让你无所适从，不敢前行。原来，此前我们对交通系统的认知，一定程度上是通过周围的行人和车流来实现的，而不仅是信号灯。只有喧闹的街头，才适合我们正常行走。

你依然尽可能地做饭，洗菜、切菜时，给那只受伤的手套上一只塑胶手套。它让手加厚了一层，指套有些长，戴着仿佛手指也变长了几毫米，以至于切菜时你更加小心翼翼。有几次，还真切到了手套，你顿时一身冷汗，愣怔了半天才反应过来是虚惊一场。鸡蛋、蔬菜、牛肉，那些日常所见的食材被一样样丢进炒锅，爆裂的油把它们迅速炒熟，加生抽、料酒、蚝油、盐，继续翻

浮生·聚散

炒，融合成一道菜，然后装盘上桌。那些盘子就这样把食物送走，而它们在被清洗后，依然如故。

日复一日，随着时间的推移，家庭食谱已渐渐无力再更新。这时，你蓦然发现自己去年写的那本书，正是如今每天的日常：人生最焦虑的就是每天吃些什么。终于，你记不清是谁提起的，也忘记了具体什么日子，那种曾让你几乎断指的食物——羊肉水饺，再一次提上日程。好，就吃它，在哪儿跌倒的就在哪儿爬起来。你去切肉剁馅，但是妻子很不放心，她说她来做。她总觉得你会再次切到手指。

她在厨房里切肉，你的耳朵总是听向那儿。刀和案板亲密接触的声音并不遵循同样的频率，因为各种原因，她较少做饭，你其实比自己切肉还要担心。过了一会儿，她走了出来，问："家里还有创可贴吗？"你蓦然心惊，一抬头，她捏着左手的食指——同一根手指，再次在同一把菜刀下，因为同一种食物受伤。这一刻，你似乎感觉到命运的力量，这是一个恶意的玩笑吗？抑或是妻子由于你的前车之鉴，在切肉时尤其小心，而这种过度的小心反而使动作变形，以致受伤？这一刻，你甚至有些懊恼：她是在寻找一种公平吗？幸好，她的伤很小，只切到了一点指甲和皮肉。但是你们在消毒之后仍然纠结了半天，到底要不要去医院打针？那段时间，正是新冠肺炎闹得最凶的时刻，这时候去医院，几乎就是在冒险。后来，你们终于决定：不去了。

的确伤得不重，她的手在几次消毒之后，比你的更早愈合。

也就是这时，你忽然发现自己的伤指有了些不同，似乎……大概……好像……伤口裂开的部分增大了，也就是说指甲直接连着肉的部分缩小了。如果是这样，那就证明这一块断甲会慢慢掉落，你感到这是一种希望。在此前，你一直焦虑指甲上的裂痕究竟会怎么样，焦虑这个指头变成一根丑陋的萝卜。现在这个问题有了答案，而且你发现自己一直很愚蠢地认为，指甲并不是从其顶端往外生长的，而是从根部，然而你也并不确信。

你们再一次吃到了羊肉水饺，滋味难以言说，包含着由味觉所记忆的全部复杂感受——那是疫情前所有的食物留存的痕迹，饺子似乎残留着某种血色，一层是你和妻子的手指所浸染的，另一层是这个世界的灾难所充斥的，迷雾一般荡漾在翻滚的开水和枯燥的封闭生活中。

依然是每天刷新闻，这几乎成了一种强迫症。在居住地周围三公里范围，陆续发现了确诊病例，地图上的小红标，仿佛是埋伏在身边的地雷。除了每三四天去趟超市买菜，或者到小区门口取快递，你不再下楼。日子的重复性让人心生厌倦，厌倦久了，竟然就习惯了。

不久后，高三开学，妻子开始每天对着电脑上网课，你工作之外的时间需要全部留给女儿。在女儿出生后的六年多里，你从来没有比她早睡过，从来没有。你总是在她安然入睡之后，才会放下一整天的心思，像是一支枪卸下了所有子弹。这一天，你正沉浸在睡前奖赏给自己的娱乐，突然旁边的小床传来一声咳嗽。你立刻心一惊，静静地听着，担心第二声接踵而至。过了一会儿，没有动静，你刚放松一下，就再次听到她的咳嗽声了。你心一沉，凭借这几年对孩子状态的了解，你预感到她可能要生病了。

好在除了咳嗽，没有其他症状，而且你复盘了她近些天的所有行动，应该没什么纰漏——除了，除了有一天天气极好，你们实在憋不住，下楼到附近的小公园骑了几圈自行车，也全程佩戴口罩，没有跟任何人接触。家中有常备的药，你们根据她以往咳嗽的经验，给她吃药，症状似乎减轻了，但又显得并没有。女儿的轻轻一声咳嗽，都能让你从最深的梦里醒来。咳嗽的频率越来越高，终于，你们决定还是要去一次医院了，因为去年有一次，她就是持续咳嗽，吃了许多药不见好之后，到医院检查，是支气管炎症，再晚一点儿去，很可能变成难缠的慢性病。你们很担心又是如此。

你们三个人，骑电动车到医院，挂号，抽血，检查，开药，全程如在战场。医院儿科门可罗雀，医生护士已经穿上了防护服、护目镜，零星来看病的家长们都神情紧张，而生病的孩子并不知道这世界病得比他们还重。

幸好问题不大，开了新的药，回来继续吃了一周，女儿逐渐好转。终于，她的咳嗽一声也没有了，但妻子又咳嗽起来。这些年来，母女之间几乎形成了一个定律：女儿生病好了之后，母亲总要重复一次。妻子因为每天五六个小时的网课，嗓子受不了，她不得不又去了一次医院，开药回来吃。过了十天，妻子才好。这时，你才想起那根手指——你发现新的血肉从手指上生出,越来越厚,它们在默默地驱逐断甲。你心里清楚,这一块断甲是不会自然脱落的,它一定会在你做某件事时被什么东西碰到,在意外的疼痛中掉下来。果然,有一天,你换被单时猛地一甩,疼痛就带走了它。然后,它遮盖的那部分完全地露了出来:真丑啊,那带着伤痕的血肉;真倔强啊,那顽强生长的血肉;真脆弱啊,那粉嫩淡薄的血肉。你曾经以为,断甲掉落之后,那根手指会马上迎来全新的春天,但事实恰好相反,新生的部分过于单薄了,轻轻一碰就会钻心地疼,比指甲掉落时还疼。哦,原来那被你憎恶的断甲,一直在保护着手指,它站完了最后一班岗。

但是,你知道,这疼痛是痊愈的一部分。你和全世界的人一同看见,中国的病例正在逐步减少,而外国则进入了井喷期,很快成了疫情的中心。你关注着世界疫情变化,关注留学生,关注海外华人,关注目力所及的一切信息,并且在内心深处给它们分级归类。在这方面,你与其他人毫无区别。但是让你感到悲哀的是,朋友圈里有几个所谓的圈内大佬,竟然每天转发各种违反常识的假新闻和伪造图片,并加以大段同一腔调的议论。即便这些新闻随后被证明为谣言,他们也从未转过一条相关的辟谣。很快,你明白了,他们根本就不关心新闻的真假,不过是借一个可用的引子来发泄自己的情绪和观点而已。病毒从来不会想到,它能被人以这样的方式利用。

人类是多么有趣啊,生活中祈祷每天平安健康,但娱乐时却又喜欢看灾难片,或者玩极限运动,寻找种种刺激。你在十字路口,常常见到那些几乎是以"视死如归"的心态闯红灯的人,可是他们一进入医院,却又会胆小如鼠。这并不是一种矛盾,这是一种心理缺陷,人人都有,只不过表现的形式和程度不同而已。你还想到,伤痛和灾难,在最后常常被打扮成另一个层面的赞歌,至少是活着的人的赞歌,毕竟,他们从灾难中活下来了。你整日胡思乱想,仿佛自己对一切都有发言权,但其实你很清楚,大部分想法不过是一时激愤的宣泄和吐槽,经不住仔细推敲。

有发言权的或许是每天思考人类命运的哲学家,这段时间你也看了许多思想大拿的言论,他们试图对眼下的世界做整体性表述，比如斯洛文尼亚那个以讲笑话著称的大胡子齐泽克，比如近些年越来越热的巴丢和阿甘本，比如西马大神哈贝马斯，比如移民到美国的日本学者福山，等等。你浏览微信上他们被翻译过来的文章，看到了洞见，也看到了盲点，会悲哀地想：即便是全世界最聪明的头脑，也无法看清远方的人心，或者换一个隐喻性的说法：即便最锋利的刀刃，也切不掉精神的骨质增生。

三 我们的野蛮与轻浮

无论如何，手指的伤口正在缓慢地愈合，尽管速度慢得超出你的耐心，但一根完整的手指确然在未来等着你。指甲下的血肉是永远不会变坚硬的，它只能带着指甲一点一点地长出来，把裸露的部分覆盖掉。

你全程见证一处伤口的愈合，见证身体的自我修复。你开始对自己前一段时间的焦虑感到好笑，但很快就发现真正的困难在于，作为一个敏于思考的人，作为一个怀有悲悯之心的人，作为一个借文字安身立命的人，你该如何对待举目可见且身处其中的群体性伤痛？那段时间，除了每天疯狂上涨的感染人数，你看到更多的是新冠所造成的悲惨人生。无须列举，你相信所有人都看到过类似的新闻。而那些靠噱头吸引眼球的自媒体，把"人血馒头"吃出了花样，别人的悲惨命运，成了他们聚敛赞赏的鱼饵，那些消息来源有限、不善于辨别信息的人们，不但付出了几十几百的费用，还付出了他们真诚的眼泪和情感。

你一直在警惕被同样的群体情绪裹挟，即便不得不融入这类洪流，你也时时告诫自己：再想想，再等等。但是，作为一个生活在当代世界的个体，作为一个被新冠病毒所影响的普通人，除了在日常生活里去适应新的状态之外，你还要在精神世界面对这次人类伤痛。你不断地在想一个问题：个体该怎么去承受人类的集体性悲伤？在你四十年的生命中，你真正有切身感受的集体伤痛只有三次：二〇〇三年的非典，二〇〇八年的汶川地震，还有此刻远看不到尽头的新冠病毒。前两种灾难发生时，你的精神世界尚未搭建完成，因此面对的方式只是单纯的承受，但是现在你人到中年，精神世界的主体结构已经全部完成，不再有任何回避的可能，除了迎面而上，你别无选择。

问题已经提出，答案却仍在风中飘荡：个体到底该如何与自己所处的时代相处？尤其是在这个时代有着巨大的集体性伤痛时。如果个体是伤痛的具体承担者，他又何以自处？如果是更多数的旁观性参与者，他该怎么去建立或者隔绝二者之间的联系？面对眼前的伦理困境，你首先试图从历史中寻找突围之道。你开始回溯与自己临近的灾难史——汶川地震，非典，九八年大洪水，唐山大地震，它们要么因为亲历而缺少必要的思考距离，要么因为不够切身而找不到对应性。然后，你忽然想到了五十多年前的那场"文革"，并由此上溯到这个国族在近现代以来所遭受的苦难。在更宏大的国家叙事层面，你从小就跟其他成千上万的人一样，被教育中华民族的屈辱史、抗争史、奋斗史。这一切历史你都不曾亲历，你是后来者。它们只能通过文字和影像以及教育灌输进入你的观念之中，并且形成你对世界和国族认知的第一层细沙。等你读了更多的书，了解到更丰富的细节，这些细沙的一部分会凝结成坚硬无比的团块，另一部分却被碾成粉末，随风而散。想起这些灾难，庞德那首名作《在地铁车站》总是第一时间浮现脑海：

> 人群中这些面孔幽灵一般显现；
> 湿漉漉的黑色枝条上的许多花瓣。

对作为后来者遥望历史的你而言，没有哪部作品比这首异族诗人百年前的诗更恰切的了。并非庞德预言了人类苦难，而是只有通过它你才能找到认知那些伤痛往事的方式，就像一个现代人发明的放大镜，帮我们看清了老祖先在一块木板上刻下的细密纹路。

虽然，它们仍然因为时空的距离和肉身经历的缺失而不够真切，但借由《在地铁车站》所提供的转喻，你找到了一种新的理解自己时代的方式。和艰难的理解相伴的，是你同时在试图写点儿什么，这是一个写作者的本能，但是你写不出任何能容纳这些呐喊和眼泪的文字，这让你越发焦虑。于是，你只能把目光再次投注于自己的伤口：某个深夜，半睡半醒之间，你突然找到了自己和这场全世界的灾难之间的隐秘联系——正是那只受伤的手指。

它已经不再剧痛，而是一种隐痛，还伴随着隐隐的痒。你知道，那一定是新鲜的细胞在生长，挤压着已经濒死的、被刀砍过的皮肉，简言之，一小部分新的你，正在攻占一小部分旧的你。你开始回想它受伤和逐渐愈合的时间点与感受，发现它和整个国家的疫情、人们的心理状态慢慢同轨，微小的指尖之伤和庞大的举国甚至全球之痛，悄然形成一种独特的逻辑关系。借由这种半真实半想象的联系，你开始产生许多新鲜的想法——你想起几年前曾经粗浅读过的西方哲学家阿甘本的一个概念——同代人。新冠疫情终于把全世界无差别地链接起来，同样，也把所有年龄段的人变成了独特意义上的同代人——新冠一代。如果有人做详细的心理分析，肯定会看到人类的心灵曲线在这一年陡然转弯，爱恨生死这些千百年来一代代重复的故事，再一次被病毒摩擦出新的火花。你将和所有人一起，共同承受也共享一个全新的时代。可是，你当然同时在媒体和生活里获得这个世界分裂的信息，而且，这种分裂比以往任何时候都要巨大和明显。这就是伤口的意义，它既是一个身体的分裂，又是一个身体的愈合。

你无力进行整体性把握和描述，于是回到自己略微熟悉的文学领域，试图找到一面可以观照此刻的镜子。你想到自己读过的有关人类灾难的文字，比如被人们不断提起的《霍乱时期的爱情》《鼠疫》《失明症漫记》，还有中国作家的《白雪乌鸦》《花冠病毒》，等等。但是大多数人提及它们，并非因为文学，而只是因为相关。你想到一些更为隐秘的文字，比如诗，比如被以诗的面貌呈现出来的哲学思考，你开始确信，要想理解一种庞大的事物，只能寻找最小的切口——要想认识自己的整只手甚至整个身体，只能划伤一根手指。

"奥斯维辛之后，写诗是野蛮的。"德国学者阿多诺一百年前的这句话，在二〇二〇年的中国又一次掀起波澜。起点看似源于对一首有关新冠病毒不很正经的诗的反对，在舆论的紧张下，诗人道歉，喧嚣几天之后，就消停了。但是那首诗所引发的灾难中的写作伦理，却越发热闹。诗人、学者、翻译家、媒体人，善于蹭各种热点的自媒体、不懂装懂的文艺青年，似乎人人都对席卷全世界的病毒有话说，似乎人人都对曾经的大屠杀有态度。

你也如此。你觉得，这句话被不同的人以不同的立场利用了，无人在乎它的原始语境和本义，人们只是借它来说自己要说的话而已。指认别人野蛮，仿佛可以借此来认证自己的文明，这是可笑而可悲的悖论。这更是人类的惯性，每当一场灾难降临，人们几乎总是首先对艺术表达提出质疑，这种质疑包括艺术家或诗人本人。

同样的历史事件中，集中营的幸存者保罗·策兰则写出了《死亡赋格》：如果奥斯维辛之后写诗是野蛮的，那经历过奥斯维辛的人呢，他的诗该如何对待？

清晨的黑牛奶我们傍晚喝

我们中午喝早上喝我们夜里喝

我们喝呀喝

我们在空中掘墓躺着挺宽敞

你并不想去解读这首诗或者另一首诗，只是借助它们来理解和处理自己的精神困境，如果由此触及更广泛、更深层的社会心理，当然更好。你在想，奥斯维辛之后写诗也许并不野蛮，而是艰难，诗人们在如此巨大的灾难面前必将感到一种本能的绝望：到底该如何书写这残酷、沉重、不忍直视的活生生的历史？到底该以什么样的修辞来表述人类所遭遇的一切？同时，这也是人类自己所造就的一切。策兰完成了关键的一步，如果说阿多诺的论断把诗人们推向了人类道德的审判台，那《死亡赋格》就成了他们自证清白的核心证词。尽管自诞生之时起，就有人批评策兰把大屠杀美学化了，认为再伟大的诗歌也无法消除屠杀自身的非道德性。但是，人们无法否认，如果没有以《死亡赋格》为代表的一批艺术作品，那些知晓大屠杀的人将不得不罹患精神分裂症：我用一把刀切了自己的手，我是施暴者，我亦是受害者。在整体的意义上，无人无辜，在个体的意义上，总会有一个可以明确找到的源头，一个真正的凶手。但这并不代表其他人的内心就不接受审判了。是诗人和艺术家承担了这件事，如同心理分析治疗中的移情，诗人、艺术家通过诗歌、音乐、电影、画作，把全人类的罪愆从群体内心中抽离出来，封存到作品中，借此实现精神透析。

和野蛮类似的，是和汶川地震相关的另一个词语：轻浮。诗人朵渔在汶川地震之后，写了一首诗《今夜，写诗是轻浮的》，这首诗是对幸存者的道德拷问，是活着的人对逝者的忏悔。这是我们年代的"汶川地震之后，写诗是野蛮的"。

当我写下语言，却写不出深深的沉默。

今夜，人类的沉痛里

有轻浮的泪，悲哀中有轻浮的甜

今夜，天下写诗的人是轻浮的

轻浮如刽子手，

轻浮如刀笔吏。

是啊，在地动山摇中，灾难之外的人做什么不是轻浮的呢？不止轻浮，而且如刽子手、如刀笔吏，有形的刀斧和无形的刀剑，都在人们手中握着。诗人知道在这样的时刻，任何诗歌都阻止不了大地的颤抖，都挽救不了那些被掩埋的人，都恢复不了被砸断或截去的肢体，但是他依然要写，并且要一边自责一边写。这是诗歌的道德律例。而作为诗人，要维护这种道德律例，就必须承受灾难带来的全部伦理压力。生者和逝者在地震之前、新冠病毒来临之前、战争爆发之前、洪水泛滥之前，还在共享这个星球的一切幸和不幸，但是一夜之间，人们就被灾难区分开。你发呆时也会思考这些问题，设想自己此刻到底该秉持一种怎样的立场。

立场在具体的事件中渐渐清晰。有人向你约稿："你好，请问有写抗疫题材的诗歌吗？""抱歉，没有。"你回答。因为对方是比较熟识的人，你还增加了几句："坦白说，我现在什么都写不出来，又或者说，我的写作伦理让我无法去写这件事。"的确如此，你总是想到，成千上万人在伤痛中受折磨，成千上万人有家难回，成千上万人流离失所，而你一个躲在家里暂时三餐不缺的人，怎么有资格去轻浮地表达对灾难的伤痛？就连处在疫情中心武汉的众多友人，你也只是在朋友圈中默默关注着他们的一切，而无法给出轻浮的问候和关心。

但是作为一个写作的人，你同时也控制不住自己表达的欲望，你假设自己是个诗人。你在手机的记事本上写了删，删了写，再删再写。你写下了全部表达的冲动，然后再全部删除它们，你的内心并未因此平静，却实现了走钢丝般的平衡。走钢丝的人，只有在钢丝上才是平衡的。

是的，置身于如此巨大的灾难中，你需要和它发生更清晰的精神关联，否则无以消解内心的负罪感。它是一个敏感者所不能承受之轻，是一种建立在所谓矫情之上的过度思考，但是生而为人、生而为自认是想象的共同体一分子的人，你无法对此视而不见充耳不闻。你需要找到一种方式，让这场仍然看不到尽头的瘟疫所造成的无数伤痛，达到个人性的和解。与其说是承担，不如说是逃避。与其说是勇敢，不如说是脆弱。但是你执着于这逃避与脆弱。

情况似乎在好转，至少很多人这么认为，小区的小公园里，已经有孩子戴着口罩在玩耍了。但是你仍然不敢掉以轻心，只敢带女儿去小区外人较少的公园骑骑自行车。女儿在家里的时候，跟她的各种玩偶一起玩，常常会说到，小熊得了新冠肺炎，小海豚得了新冠肺炎。

一个孩子在这种氛围中久了,医学话语便进入了她的语言系统,进而影响到她对整个世界的认知。一想到这些,你就感到心怀愧疚,这个小小的由你而来的生命,要开始承受你完全不曾预想到的压力。每天出门前,她都会提醒你:"爸爸,口罩,出入证,钥匙。"这是你交代的三样东西,全部和进出有关,全部和你们能否安全回到家有关。她记得清清楚楚。

你会想起,在几年前,北京的雾霾很严重,上幼儿园的路上需要戴口罩。走出楼门,她会说:"爸爸,今天的雾霾好重啊。"现在,口罩又一次成了生活必需品,而人们所面对的困难比雾霾要严重得多。她骑车摔倒,腿上蹭破了点皮,你用碘伏给她消毒。她开心地说:"现在公平了。"你问:"怎么?"她说:"现在爸爸妈妈和我都有伤痕了,公平了啊。"你蓦地心惊,你当然知道孩子话中的真义,但你更会想,她的这句话,在某种程度上与你要承担集体性灾难的想法似乎很像。

近百年前,阿多诺的那句话,并非在质疑奥斯维辛集中营之后写作的合法性,而是相反,他恰恰是在说诗歌的道德、诗人的道德。你在想,哪怕在大多数人都望文生义地理解的意义而言，从写诗是野蛮的，到写诗是轻浮的，人类文明已经悄然嬗变。但是同时，人们在新冠病毒面前并未建立全新的写作伦理——依然只能在轻浮和野蛮的天平上去衡量一切。

你当然清楚地知道，自己远远达不到这种境界，你只能借正在写下的文字来平衡自身。你在写，一边以轻浮和野蛮的方式写，而写的内容又恰是对轻浮和野蛮的批判。所以，你把自己从精神分裂中暂时解救出来，但却是以精神错乱的方式。作为整体的你，和作为你的一部分的伤口，需要重新形成一个带着伤痕记忆的你。

四　等待戈多

在这一年，另一个年份总是被人们作为参照频频提起——二〇〇三年，非典时代。

那时，你在大学二年级的下学期，置身于校园之中。你对非典的许多记忆已经模糊，但有一些片段却历久弥新。比如同宿舍的一个同学，家境优裕，在学校封校之前坐飞机回到了南方的家。那时你连飞机都还没坐过，甚至没有近距离观察过，所以他的逃离让你立刻明白，在危急关头，人和人之间应对的可能性是有着天壤之别的。比如学校的宿舍楼被分成几种颜色，持不同颜色的出入证出入，到规定好的食堂买饭。比如你的一个同学，去石家庄看女朋友，回到北京遇到封校，无法进来，只好返回石家庄，租地下室住了几个月，却和女友难得有了长时间的相处。比如一位教古代汉语的老师，依然严肃地打电话叮嘱学生们认真学习，随时回答学生的问题。比如你用古老的201电话卡给家里打电话，母亲告诉你，村口的路被挖了一条深沟，以防外面的人进入。比如你和留守在学校的人，每天守着那台14寸的电视机看篮球比赛，学校电视台在放录像，中央五套在转播NBA。那一年，姚明刚刚去美国不久，引发了中国的篮球热。

沿着这些片段，你回忆起更多更久远的细节。一年前，就是在同一块小小的屏幕上，你们一遍又一遍地在新闻中目睹本·拉登的两架飞机撞上纽约双子座，但是对当时的你们来说，地球另一端的灾难实在太过遥远了，以至于飞机和大厦相撞引起的浓烟和火光，甚至比不上好莱坞大片让人震惊。多年后，你才想明白个中原因，在小小的荧幕上，高耸入云的双子大楼也不过尺子般大小，两架飞机类似于纸飞机，更关键的是，这灾难里你们没法看到具体的人。你们知道有，但新闻里不会播放一个被废墟压住的人、一个被大火灼烧的人、一个残缺不全的人，你们年轻的情感和同情找不到任何具体的对应者。

但是这一次的非典不同，它就在你所在的城市和国家游荡，因为身处校园，你不太清楚人们抢盐、抢板蓝根的疯狂，你和室友唯一担心的是，同宿舍的一位同学每天雷打不动去教室上自习，让你们觉得他感染的风险加大了。但是重复性的生活最能麻醉人，不到两周，你们就适应了学校封校的一切，看录像，看球赛，几个人分食一桶泡面，坐在草坪上打牌。灾难在某种程度上转化为一种享乐：无须上课，只管游戏。那段日子已经成为你此生最为松散自由的时光，但很可惜，你由于过于沉浸而没能更好地享用它。北京解封时已是六月份，你们可以自由出入校园了,但是你并没有出去的欲望。

如果这些和你相关的大大小小的疼痛有一条隐形的线索的话,再往前追溯会是什么呢?你能记起来,在肉体和精神上都留有痕迹的伤痛要到十岁了。那一年,你在离村子四里地的小学读书,中午骑父亲的自行车回家吃饭——你对那顿午饭吃的什么永远难忘记,然后又骑车回学校。那是一个阴沉但没有下雨的天气,你在村西摔倒了,一条胳膊骨折加脱臼——是左臂。后来,在手指的刀口漫长的愈合过程里,你无数次想过,左臂虽然不如右手那样自由灵活,却承担了你身体三分之二的物理创伤。疼痛到极致,人会产生一种麻木感,又痛又麻。

几个月后,骨折痊愈,但是你的左小臂永远留下了一道可以察觉的弧度,因为不正确的姿势,断裂的骨头顺势长出了一个弯儿。它对你后来的生活没有任何可见的影响,但它是永恒的印记,提醒着你疼痛会消失,可是伤痕却永远留下了。

你身体上还有另一道伤疤,足有六七厘米,在腹部。这个伤疤诞生于你不满周岁时,那时你太小了。但是可以想见，八个月大的你一定为此痛哭过无数次，那是没有任何认知和意识的本能哭泣，那是疼痛对人的神经的最初冲击。很可惜，这次袭击没能在你精神上留下任何痕迹，即便有，也是靠后来亲人的讲述想象来的。所以，尽管这道伤疤要伴你一生，你却只能想象当时的痛苦。你看着它，脑海里会浮现一个婴儿孱弱的样子：那是你，你很痛苦，但是你感觉不到那个你的痛苦。所以，你不免怀疑：疼痛真的能成为一种记忆吗？或者，我们关于疼痛的记忆可靠吗？

就像新冠暴发时，人们总是要说起非典的教训，然而人们并没有因为非典而避免新冠。有关非典的记忆在新闻中，在纪录片里，在文字中，在许多人的心里，但是人是善于遗忘的，特别是群体性记忆，更会在日常生活中消磨掉。群体的创伤性记忆必须借助某种具体的仪式才能被记住，所以要建侵华日军南京大屠杀遇难同胞纪念馆，所以要竖立汶川地震纪念碑，只有废墟能提醒人们大地的震怒，只有骸骨能让人们记住战争的残酷。在个体的心理世界，创伤性记忆常常会变成一个坚硬的核，人们总是用种种伪装把它包裹住，生怕触动。

所以，不论是以什么方式，你的伤痛之感都值得被写下来，纳入人类历史的宏大叙事之中。在若干年之后，人们必然会更清晰地看见新冠是如何改变了故事的情节，让一出充满现代主义色彩的大剧，重新焕发出现实主义的色彩。

让我们回到现在吧，我们也只能从现在出发，去想象以后的日子。

种种喧嚣，在一百多天之后，都变成了日常。你和其他人一样，习惯了出门戴口罩，习惯了回家马上洗手，习惯了和陌生人保持一米线，仿佛本来就是如此。但是你们的心里却有一种越来越强烈的疑问和期待：我们还能回到新冠之前的生活吗？我们什么时候回到新冠之前的生活？你知道，所有人都跟你一样。

现实回答着问题，但并不给出答案。二○二○年四月八号，庚子年三月十六日，武汉解封。

在同一天，你发现那枚伤指的指甲终于长齐。这时，你不再把二者看成巧合，你相信，这就是一种同构。个人的伤痕和群体的伤痛所经历的一切，都遵循着相同的逻辑：意外之刀，血，药，伤口，新生的力量，牺牲的断甲，手指即隐喻，即象征。但是新冠在文化领域的真正威力恰恰在于，它破坏了现代主义形成的隐喻体系，尽管病毒自身常常被看成人类文明的bug。它让人们重新回到生和死的现实层面来思考一切问题，就连高烧、咳嗽这些人类普遍的身体症状，也被它抽离为一种征兆。你得先不是什么，然后才能是什么。

指甲的确全部复原，但是仔细去观察的话，依然能看出当初的刀口所留下的印记，轻轻一摁，它仍然会隐隐作痛，正如人所经历的全部伤痛，都会在精神中留下痕迹。你常常忽略它受伤的经历，但是偶尔用到那根手指，特别是需要它使出全部力气的时候，它就会瞬间告诉你：抱歉，我的伤痕仍在。你无法用它抠开一个坚硬的事物，比如解开一根打了死结的绳子，从前你用牙齿和左手，现在你只能用牙齿和右手。所以，你开始承认，即便伤痕消失了，伤痛也不会离去，它只是冬眠了，一旦温度合适，就会迅速醒来。

从这一刻起，你终于原宥了自己的负罪感，那种面对群体性伤痛无能为力的负罪感。你知道这会被看成矫情，被批评为虚伪，但好在你只对自己的内心负责。这一场疫情，让许多人完成了伟大或卑鄙的表演，你也完成了你的。只不过，终场的哨声迟迟无法响起，全人类只能尴尬地站在舞台上，没有剧本，随机应变。舞台下是一面巨大的镜子，你们一边表演，一边观看，还要对彼此品头论足。你们是自己的演员，你们也是自己的观众。

此刻，再回望策兰的《死亡赋格》，你发现灾难的原色就是黑色：黑牛奶、黑色纸条、黑夜，它们既是这个世界本来的颜色，又是人类文化发展至今所形成的超级隐喻。你甚至倾向于认为黑色是一种现代性色彩，或者说，是现代社会赋予了黑色如此多的沉重的可能性。多年前，你在二手书店里买到了一本《黑夜史》，你认同作者把古典时代的黑夜描述为一种单纯的精神性，从这里出发，你串联起了现代社会中的黑夜变迁：比如电灯的发明，让人类开始侵蚀黑夜的地盘，比如人们在日常生活里对白甚至纯白的追求，以至于作为自然色的黑色越来越少。

这样的例子太多了，你想起很小的时候，跟着家人在加工厂里磨麦子，红褐色的麦粒被灌进磨面机，你在下面的漏斗处撑着一只用了多年的面口袋，第一次磨出的面粉洁白细嫩，它们轻轻地落在你的手臂上，甚至带着冬雪的部分凉意。另一个凹槽处落下的麦麸，则重新加入机器，开始第二遍磨面，随着循环的增多，落在你手臂的面粉有了越来越多的红褐色，甚至带着些许黑色。再比如现在几乎所有女性都熟悉的美白产品，人们为了皮肤的白，不惜把自己并不了解的各种化学物品涂抹在脸上。

所有创伤性记忆都是黑色的，这种黑里，有时混合着血的红色，有时掺杂着罪的灰色。黑色是伤痛叙事的主要色调。至少从你的精神观念上来说，伤痛必须被个体和社会同时消解，伤口才可能彻底愈合。或者相反。

就在你开始写这篇文章的时候，北京新发地再次暴发疫情，几天时间感染者就过百，刚刚解除封控几天的小区，重新开始查证测温。这一次，你身处漩涡的中心了，再也不可能保持远观的姿态，但你和身边的大多数人一样，紧张，却不再惶恐。你开始明白和接受，这种状态也许是将来很长一段时间的日常，人们得做好准备。

北京的暴发在提醒着，人们仿佛做了个短暂的梦后，醒来片刻，就重新回到噩梦中。或者是，这场大剧在漫长的五个月演出后，赢得了难得的中场休息，才喝一口水，一支烟还没吸完，下半场的钟声已经响起。二十多天后，北京的病例仍在上涨，虽然清零可期，但无人知道到底是哪一天。更令人不安的是，其他国家的疫情情况并未好转，反而愈演愈烈，但是人们的耐心已经耗尽，再也无法全天宅在家里了，而是心怀忐忑而又决绝地走出家门，走向不确定的未来。

未来会怎么样？

谁也无法断言，人人只能怀着期待。媒体上总是好消息和坏消息交错而来，那每一个坏消息都仿佛世界末日，令人悲观，那好消息又总是拨云见日，让人觉得总会柳暗花明。好坏之间长久交错，人就麻木了，也可以说坦然了。君不见大街上人来人往，饭馆里的食客也日渐增多，而且，每一种日常食物都能吃出劫后余生的滋味。余生还很长，每一天都值得期待。

未来会怎么样？科学家在预测，哲学家在分析，而如你一样的大多数人，只是顺着生活的洪流向下飘荡。面对这个问题，你唯一的深入思考就是偶尔想起一出有名的戏剧《等待戈多》：戈多如同最终的胜利，它会来吗？会的。什么时候来？不知道。怎么办？等。

你和所有人一样，在日常生活的琐碎里等待着真正安全的那一天，如同 17 年前你们等到非典结束，重新大口呼吸，大块吃肉，大碗喝酒。

除了相信戈多会来，没有其他可能。

你早已准备好那句话了：你好，戈多，终于等到你。

或许此刻我们可以说，人类等到了戈多。

图书在版编目（ＣＩＰ）数据

浮生·聚散 / 刘汀著. — 上海 ：上海文艺出版社，2025

ISBN 978-7-5321-8672-3

Ⅰ．①浮… Ⅱ．①刘… Ⅲ．①纪实文学－作品集－中国－当代 Ⅳ．①I25

中国国家版本馆CIP数据核字(2024)第010941号

责任编辑：解文佳
装帧设计：白砚川

书　　名	浮生·聚散
作　　者	刘　汀
出　　版	上海世纪出版集团　上海文艺出版社
地　　址	上海市闵行区号景路159弄A座2楼 201101
发　　行	上海文艺出版社发行中心 上海市闵行区号景路159弄A座2楼206室 201101 www.ewen.co
印　　刷	上海盛通时代印刷有限公司
开　　本	1092×787　1/32
印　　张	8.25
插　　页	4
字　　数	119,000
印　　次	2025年8月第1版 2025年8月第1次印刷
Ｉ Ｓ Ｂ Ｎ	978-7-5321-8672-3/I.6825
定　　价	59.00元
告 读 者	如发现本书有质量问题请与印刷厂质量科联系　T：021-37910000